Alizé Siffleur

Love Affair

AF191874

Für Alan, meine zweite Hälfte, meine Inspiration, meine Liebe.

Bis ans Ende der Zeit ...

Alizé Siffleur

Love Affair

Roman

Herstellung und Verlag:
BoD – Books on Demand, Norderstedt
ISBN 978-3-8370-5988-5

„Sind Sie fertig, Anne? Ich brauche die Unterlagen dringend, schließlich muss ich noch einiges vorbereiten!"

Marcus schielte über den oberen Rand seiner Brille, wie immer, wenn er in Hektik geriet.

Ich lächelte ihm begütigend zu. „Ja, sicher, alles geschafft."

Insgeheim wunderte ich mich, denn mein Chef war sonst nicht aus der Ruhe zu bringen. Es musste schon ein ganz besonderer Kunde sein, den er erwartete. Ich reichte ihm die ausgedruckten Blätter über den Schreibtisch.

„Dieser Herr diSgarbi ist wohl ein schwieriger Kunde?", fragte ich interessiert, denn schließlich sollte ich in Zukunft die Betreuung der Firma diSgarbi übernehmen.

Marcus zuckte mit den Schultern. „Ich habe bisher nur am Telefon mit ihm zu tun gehabt. Aber er klingt schon sehr ... sagen wir mal ... zielstrebig. Er will seine Produktion komplett umstellen und deshalb auf unsere Schalter umsteigen, wäre dann also unser größter Kunde. Sie wissen was das bedeutet. Kommt der Vertrag mit diSgarbi zustande, so müssen wir uns um die Zukunft unseres Unternehmens keine Sorgen mehr machen. Gleichzeitig könnten wir der Konkurrenz ein Schnippchen schlagen. Wenn morgen alles so läuft, wie ich es mir gedacht habe, sind wir einen großen Schritt weiter." Tatsächlich kriselte es seit einiger Zeit bei der Firma Adler & Söhne. Der Markt war schwierig, unsere Produkte speziell. Zudem hatte sich ein Großkunde überraschend für einen unserer Wettbewerber entschieden. Doch jetzt strahlte Marcus über das ganze Gesicht, was ihn wieder gewohnt freundlich und sympathisch aussehen ließ. Er überflog die Unterlagen und trollte sich in sein Büro. Mit diesem Chef hatte ich wirklich Glück. Er war meistens gut gelaunt und hatte ein offenes Ohr für die Sorgen und Probleme seiner Mitarbeiter, was zuweilen gnadenlos ausgenutzt wurde.

Bei diesem Gedanken fiel mir Jenny wieder ein. Wir waren nicht nur beste Freundinnen, sondern auch Arbeitskolleginnen. Sie hatte es wirklich drauf, unseren Boss mit ein bisschen Wimpernklimpern um den Finger zu wickeln. Wie viele freie Nachmittage sie sich auf diese Art schon verschafft hatte, war nicht mehr zu schätzen. So auch heute. Ich tippte ihre Nummer und hatte sie sofort am Telefon.

„Hier ist Jennifer, die nymphomanische Sexgöttin, die gerade einen unglaublichen Hengst zwischen den Schenkeln hatte", klang es etwas atemlos aus dem Hörer.

Ich grinste. „Sag mal, bist du bescheuert? Wenn jetzt deine Mutter am Telefon wäre? Dann kämst du ganz schön in Erklärungsnot."

Jenny kicherte. „Ich hab' doch deine Nummer gesehen, was meinst du denn. Ich kann dir sagen, Mädchen, der Typ ist gerade weg. Er hat's mir richtig gut besorgt und ein Ding hat der ..."

Ich unterbrach sie rigoros. „Bitte keine Einzelheiten! Wirklich! Wenn man bedenkt, dass du heute eigentlich einen Zahnarzttermin hast - wenigstens in der offiziellen Version. Irgendwann wirst du böse auf die Nase fallen."

Wieder kicherte meine Freundin albern. „Wer sagt denn, dass er kein Zahnarzt ist? Kommst du nachher noch vorbei? Ich verspreche dir hoch und heilig, dass ich bis dahin frisch geduscht bin und alles aufgeräumt ist. Du brauchst also keine Bedenken haben."

Ich seufzte. „Darum möchte ich bitten. So cool möchte ich auch mal sein, meine Liebe. Oder lieber doch nicht, das ist wohl eine Frage des guten Geschmacks! Ich mache ungefähr in einer Stunde Feierabend. Auf dem Nachhauseweg lasse ich mich kurz bei dir blicken. Ich muss schließlich rauskriegen, was du genommen hast, so albern wie du klingst."

„Ja gut, dann bis gleich", Jenny klang plötzlich geschäftig. „Übrigens, ich habe bloß ein bisschen Gras geraucht, zur Entspannung."

2

„Und er kann vielleicht lange ..."

Jenny ließ es sich nicht nehmen, mir trotz aller Widerstände in epischer Breite ihren Nachmittag zu schildern. Wobei sich herausstellte, dass es sich bei ihrer neuesten Eroberung tatsächlich um einen Zahnarzt handelte. Scheinbar grauste meiner Freundin vor gar nichts.

Ein Bild erschien vor meinem inneren Auge: Jenny, die beim Liebesspiel den Mund weit aufriss um extasisch zu schreien. Über ihr der Zahnarzt, der zwar redlich um Konzentration bemüht war, aber trotzdem mechanisch ihr Gebiss checkte.

„11 bis 15 in Ordnung, aber 16, da brauchst du eine neue Füllung, Baby", stöhnte er.

Wahrscheinlich konnte er gar nicht anders. Ob dieses Verhalten wohl als Berufskrankheit durchging?

Ein Schubs brachte mich in die Realität zurück. „Hey, du hörst mir gar nicht zu. Möchtest du noch einen ‚Sex on the Beach'?"

Meine Freundin hatte es tatsächlich geschafft, mich zu einer After Work Party zu schleifen, obwohl ich mich eigentlich auf meine Pantoffel und eine türkische Pizza gefreut hatte. Jetzt war mir der Hunger vergangen, denn die Mischung aus Wodka und Pfirsichlikör tat ihre Wirkung. Na gut, würde ich also heute auf mein Abendessen verzichten. Ich hatte sowieso vor ein oder zwei Kilo abzunehmen. Das wäre schon mal ein Anfang.

Ich nickte. „Okay. Fahren kann ich sowieso nicht mehr, also kann ich mir noch einen Cocktail genehmigen. Dann ist allerdings Schluss für mich."

Jenny rollte mit den Augen. „Stell dich nicht so an. Jetzt wird es gerade spannend."

Sie wies mit dem Kinn auf die Eingangstür, in der ein Neuankömmling stand, der sich interessiert umschaute.

„Der Typ da vorne sieht nicht schlecht aus, was", grinste sie und musterte den Mann auffällig unauffällig.

„Na ja, wenn man auf die Sorte Mister Lover-Lover-Macho, ich-mach-dir's, Baby steht, dann sieht er ganz gut aus. Er erinnert mich an Gerard Butler, irgendwie."

Auch ich musterte den Typen von oben bis unten, wobei ich gedankenverloren auf dem Strohhalm meines geleerten Cocktails kaute.

Er schien unsere Blicke zu spüren, denn er wandte sich in unsere Richtung. Ein amüsierter Blick aus grau-blauen Augen brachte mich für einen Moment aus der Fassung. Schnell ließ ich den angekauten Strohhalm fahren und wandte mich demonstrativ ab.

„Hey, was ist mir dir los?", wunderte sich Jenny. „Machst du jetzt auf schüchtern, oder was? Sei nicht albern. Der Typ sieht richtig gut aus und er scheint sich für uns zu interessieren, so wie der guckt."

Sie strahlte Gerard durch den Raum an, dass es nur so glimmerte.

Ich zuckte betont uninteressiert mit den Schultern, drehte mich jedoch wieder um und beobachtete Gerard unauffällig. Schließlich wollte ich weder schüchtern noch albern wirken.

„Ich bin nicht schüchtern, er ist nur einfach nicht mein Typ, das ist alles. Ich stehe nicht auf die Macho Masche. Übrigens warst du vorhin erst mit dem standfesten Zahnarzt zusammen. Du solltest dich wirklich etwas zusammenreißen, sonst hast du gar keine Zeit mehr, um ins Büro zu kommen. Das merkt selbst Marcus irgendwann."

„Hey, Marcus lass mal meine Sorge sein. Übrigens: wie kannst du den Typen da vorne beurteilen? Du kennst ihn doch gar nicht. Vielleicht ist er hypersensibel und super soft."

Jenny überging meine Moralpredigt komplett. Sie strahlte und klimperte weiter in Richtung Gerard, was Wirkung zeigte. Er schlenderte in unsere Richtung, eine Hand leger in der Hosentasche eingehakt, mit der anderen seinen Drink balancierend.

„Schau dir bloß mal an wie der rumläuft", zischte ich. „Keine Kinderstube, wirklich. Nicht mal die Hand nimmt er aus der Tasche." Ich verstummte abrupt, denn er war bei uns angekommen.

„Hallo, Ladies", säuselte er. „Ich verkneife mir jetzt alle Anmachsprüche. Darin bin ich sowieso nicht gut. Aber vielleicht kann ich euch zu einem Drink einladen?"

Jenny nickte heftig mit dem Kopf, während sie ihm tief in die Augen schaute.

„Gerne, das ist total nett von dir. Wir wollten sowieso gerade einen neuen Cocktail bestellen." Sie wies auf unsere leeren Gläser, stieß mir gleichzeitig leicht in die Rippen und nickte mir zu. „Nicht wahr, Anne."

Gerard lächelte mich an, wobei ich zugeben musste, dass dieses Lächeln ihn ein wenig sympathischer machte. „Also du bist Anne, ja? Und du heißt ..."

„Jenny", strahlte meine treulose Freundin. „Ich bin Jenny und ich freue mich dich kennenzulernen. Endlich ist mal ein interessanter Mann in dieser öden Location. Wir haben uns überlegt, dass wir noch einen Drink nehmen und dann das Lokal wechseln, wenn sich hier nicht bald was tut. Selbst die Bedienung ist heute irgendwie überfordert. Aber jetzt bleiben wir erst einmal."

„Uff." So viel Schleimerei auf einmal verschlug mir die Sprache. Gerard schien ja ausgesprochen gut in Jennys Beuteschema zu passen, so wie sie Gas gab.

Auch ihm schien das aufgefallen zu sein, denn er grinste fast verlegen.

„Es freut mich, dass ihr noch bleibt. Ich besorge erst einmal die Drinks, noch einmal das Gleiche?" Er nahm schwungvoll unsere Gläser. „ Nicht weglaufen, ich bin gleich zurück. Ich heiße übrigens Luca."

„Du hast es heute aber wirklich nötig, was? Oder warum schleimst du den komischen Typen so an?", maßregelte ich meine

Freundin, währen sich Gerard – Luca entfernte.

„Du meine Güte, was bist du heute zickig", zischte Jenny zurück. „Seit deiner Trennung von Tobias bist du manchmal nicht mehr zu ertragen. Das ist inzwischen fast ein Jahr her. Du solltest wirklich darüber weg sein, dass er die Hände nicht bei sich behalten konnte, von anderen Körperteilen ganz abgesehen. Ich glaube du solltest mal mit einem Kerl ins Bett steigen, der es dir ordentlich besorgt. Hinterher bist du viel ausgeglichener, glaub mir. Du brauchst ja gar keine Beziehung eingehen. Ein bisschen unverbindlicher Sex hat noch niemandem geschadet."

Jenny hatte gut reden. Sie mit ihren ständigen Bettgeschichten konnte scheinbar sehr gut zwischen Liebe und Sex unterscheiden. Für mich war das nicht so einfach. Ich hatte mich ganz auf Tobias eingelassen und wäre im Traum nicht auf die Idee gekommen ihn zu betrügen. Das hatte er wohl anders gesehen. Wie so oft in solchen Fällen war ich die Letzte, die erfuhr, dass er auf alles scharf war, was nicht schnell genug auf die Bäume kam. Einzig meine beste Freundin Jenny hatte er nicht angemacht, wie mir schien. Ich war vor fast einem Jahr aus allen Wolken gefallen, als er mir ‚beichtete', dass er

Vater werden würde. Zu allem Überfluss war die Glückliche unsere Nachbarin aus dem Hochparterre, mit der er schon länger ein Verhältnis hatte. Es war ja auch praktisch für ihn auf dem Weg in den zweiten Stock eben mal einen Abstecher bei oder zu ihr zu machen.

Erst war ich wie vor den Kopf geschlagen, anschließend brach ich in Tränen aus. Danach warf ich Tobias kurzerhand aus der Wohnung, die eigentlich die meine war. Er hatte es ja nicht weit. Er zog tatsächlich zunächst einmal bei der schwangeren Nachbarin ein.

Inzwischen lebte das Pärchen in einem anderen Viertel, falls es noch zusammen war. Obwohl Tobias und ich keinen Kontakt hatten, war ich noch immer nicht ganz über die Geschichte hinweg gekommen und ließ keinen Mann an mich heran.

Ich ließ den Kopf hängen.

„Freundschaft, Schatzi! Du hast ja Recht. Ich verspreche dir, dass ich jetzt damit aufhöre, herumzunölen und dir nicht die Tour vermassele. Schließlich bist du alt genug um zu wissen, was du tust", an dieser Stelle stupste ich meine Freundin sanft an. „Bist du das? Alt genug, meine ich."

Jenny lachte laut auf. „Nö, wahrscheinlich nicht, wahrscheinlich werde ich nie richtig erwachsen sein. Aber das macht einen tierischen Spaß." Sie hatte eine Menge Fehler, aber nachtragend war sie kein bisschen.

„Was macht Spaß?" Luca stellte vorsichtig die vollen Gläser vor uns ab.

Als Antwort blinzelte Jenny ihm zu. „Da gibt es eine ganze Menge, was tie-ri-schen Spaß macht. Vielleicht zeige ich dir nachher etwas davon. Danke übrigens", sie nippte an ihrem Cocktail, wobei sie Luca tief in die Augen schaute.

Der wandte sich allerdings mir zu. „Kein Wunder, dass du so still bist, wenn deine Freundin so viel redet. Salute." Er hob sein Whiskyglas. „Salute."

Auch ich prostete ihm zu und nahm einen Schluck aus meinem Glas. „Danke für den Drink. Ja, sie ist schon ziemlich lebhaft, meine Jenny", lächelte ich.

Er lächelte zurück. „Hey, ich bin hier", meldete sich meine Freundin zu Wort und legte Luca die Hand auf den Arm. „Ich bin eigentlich regelmäßig in dieser Bar, habe dich aber noch nie gesehen, kann das sein?"

„Das ist möglich. Ich bin zum ersten Mal in hier. Vielleicht lasse ich mich in Zukunft öfter blicken, es scheint sich zu lohnen."

Irrte ich mich, oder schaute Luca mich an, während er das sagte? Egal, der Gerard Butler Verschnitt war definitiv nicht mein

Typ, ich würde ihn gern meiner Freundin überlassen.

Die plapperte munter weiter. „Wo kommst du her? Ich höre einen leichten Akzent in deiner Stimme. Lass mich raten: Frankreich? Italien?"

„Erwischt. Mein Vater ist Italiener, meine Mutter Deutsche, deshalb ist Deutschland meine zweite Heimat. Ich lebe in Norditalien, bin aber geschäftlich so oft unterwegs, dass ich manchmal ganz vergesse, wo ich zu Hause bin."

Ich hörte mit halbem Ohr dem Gespräch der beiden zu und nippte an meinem Glas. Gelangweilt ließ ich meine Augen durch die Bar wandern.

Plötzlich stutzte ich. An der gegenüberliegenden Seite des Raumes, halb hinter einer Säule versteckt, saß ein Mann. Er schaute mich unverwandt an. Als er sicher war, dass ich ihn bemerkt hatte, stand er auf und kam auf unseren Stehtisch zu.

„Das gibt's doch gar nicht", entfuhr es mir, während ich gleichzeitig panisch nach meiner Tasche griff und nach einem Fluchtweg Ausschau hielt.

Jenny verstummte abrupt, dann sah auch sie ihn. „Scheiße", fluchte sie, wobei sie mich am Jackenzipfel festhielt. „Du wirst jetzt nicht einfach abhauen. Lächle den Mistkerl an und erzähle ihm, wie glücklich du bist. Lächeln, habe ich gesagt."

Sie stockte einen Augenblick, denn er war an unserem Tisch angekommen. „Ja das ist ja eine Überraschung", rief sie übertrieben freundlich aus. „Der Tobias! Lange nix mehr von dir gehört. Gut schaust du aus, das Vatersein scheint dir zu bekommen. Oder bist du schon nicht mehr mit der Tussie zusammen, der du das Kind gemacht hast? Zuzutrauen wäre dir das."

Tobias musterte sie einen Moment irritiert. „Jenny, genauso charmant wie immer, was", antwortete er bissig, dann wandte er sich mir zu. „Hallo, Anne. Zufälle gibt es. Eigentlich wollte ich heute Abend gar nicht weg gehen. Gut, dass ich mich dazu aufgerafft habe. Es ist schön dich nach so langer Zeit mal wiederzusehen. Ich habe so oft an dich gedacht und wollte dich schon lange mal anrufen. Wie geht es dir denn so."

Ich musterte ihn von oben bis unten. Leider sah er nicht besonders schlecht aus, eher so wie immer. Schade auch, ich hatte ihm eine richtig miese Zeit gewünscht. Um Zeit zu gewinnen trank ich erst einmal meinen Cocktail aus und stellte das Glas entschlossen ab. Ich würde mir nicht anmerken lassen, wie sehr ich unter der Trennung gelitten hatte, immer noch litt.

„Gut geht's, danke der Nachfrage", strahlte ich ihn an und rückte näher zu Luca, der die Szene mit Interesse beobachtete. „Das ist Luca", säuselte ich, während ich ihm beschwörend in die Augen sah.

Er schien kapiert zu haben, dass ich Tobias gern loswerden wollte, denn er legte mir den Arm um die Taille. „Hallo", nickte er kurz.

Tobias ließ sich so schnell nicht entmutigen. „Ich gebe einen aus!"

Ehe ich etwas erwidern konnte, winkte er der Bedienung, die den Nebentisch mit Getränken versorgte und orderte neue Drinks. „Aber pronto", fügte er hinzu, was Luca zu einem Stirnrunzeln veranlasste.

Ich knirschte lautlos mit den Zähnen. Am Liebsten wäre ich einfach nach Hause gegangen, hätte mir die Bettdecke über den Kopf gezogen und dieses Treffen so schnell wie möglich vergessen. Zudem war mir nach dem zweiten, ziemlich hastig heruntergekippten Cocktail ziemlich schwupprig. Egal, ich würde das Beste aus der Situation machen, weiter die glückliche Verlassene und neu verliebte spielen.

So schmiegte ich mich an Luca, der nichts dagegen zu haben schien. In Gegenteil, er strich mir leicht und zärtlich über den Rücken, was mir eine Gänsehaut verursachte, die mich erschauern ließ.

„Ist dir etwa kalt? Soll ich dich wärmen?", flüsterte er mir zu.

Ich räusperte mich. Plötzlich hatte ich einen ganz trockenen Hals. „Nein, mir ist überhaupt nicht kalt", erklärte ich energisch, während ich einen Millimeter von ihm abrückte. Mehr ging nicht, denn er hielt mich fest in seinem Arm.

„Seid ihr zusammen?" Tobias beobachtete uns interessiert, was mich wieder zurückrücken ließ, es war ja auch nur ein Millimeter.

Wieder strich Luca mir sanft über den Rücken. Dieses Mal wurde mir auch noch heiß. Die Drinks kamen und ich nahm einen großen Schluck von meinem Cocktail.

„Na ja, im Moment schon", erwiderte Luca. Jenny, die sich bemerkenswert zurückgehalten hatte mischte sich ein. „Du siehst doch, dass die beiden zusammen sind, Tobias. Aber du hast meine Frage gar nicht geantwortet. Lebst du eigentlich mit der Mutter deines Kindes zusammen. Oder seid ihr sogar verheiratet?"

Diese Fragen waren Tobias unangenehm, das sah ich ihm an.

„Na ja", druckste er. „Was soll ich sagen. Es hat einfach nicht richtig gepasst und sie hatte auch einen Anderen."

„Darauf trinke ich." Ich konnte mich einfach nicht beherrschen und hob mein Glas, denn genau das hatte ich ihm von Herzen gegönnt.

Jenny tat es mir gleich und prostete mir zu. Dieser ‚Sex on the Beach' Cocktail war wirklich lecker und machte echt locker. Plötzlich fühlte ich mich so froh, wie schon lange nicht mehr.

„Na ja", ließ sich Tobias wieder vernehmen. „Ich habe gehofft, dass ich dich vielleicht mal wiedertreffe, Anne. Wir sollten uns in Ruhe unterhalten", fuhr er mit einem düsteren Blick auf Luca fort.

„Das ist unnötig. Wir haben uns wirklich nichts mehr zu sagen", fiel ich ihm ins Wort und kam mir so cool wie schon lange nicht mehr vor. „Wie du siehst bin ich wieder in einer Beziehung. Unsere Geschichte ist Schnee von gestern. Wozu sich also treffen."

Um diese Aussage zu bestätigen und Tobias den Rest zu geben wandte ich mich Luca zu, legte meine Arme um ihn und berührte seinen Mund leicht mit meinen Lippen.

Er war einem Moment überrascht, dann nahm er mich fest in seine Arme. „So nicht,

Bella", flüsterte er an meinem Mund. Ehe ich mich von ihm lösen konnte, küsste er mich.

Ich hatte schon einige Küsse hinter mir, aber was ich jetzt erlebte, schlug alles um Längen. Er ließ sich Zeit, berührte meine Lippen zunächst sacht und zärtlich mit den seinen. Mein Mund öffnete sich wie von selbst. Nun erkundete er ihn mit seiner Zunge. Ich bekam weiche Knie, gleichzeitig wurde mir heiß. Es war eine Hitze, die sich auch auf meine Lenden übertrug. Ich drückte mich fest an ihn, versank in diesem Kuss, spürte nur ihn, seinen Mund, unser Zungenspiel, seine harte Begierde an mir.

Schließlich, nach einer Ewigkeit, löste er sich von mir. Ich öffnete die Lider und schaute in seine gefährlich glitzernden Augen.

„DAS war ein Kuss, Bella", sagte er leise.

„Ähm, ich glaube ich geh' dann mal. Vielleicht rufe ich dich doch mal an, in den nächsten Tagen oder irgendwann." Tobias schaute uns schockiert an.

Jenny stand mit offenem Mund neben ihm. Auch sie fixierte uns mit einem ganz eigenartigen Blick. „Ich glaube ich schließe mich an. Ich bin müde, es war ein langer Tag. Es wird Zeit, dass ich ins Bettchen komme. Was meinst du, Anne? Wollen wir gehen?"

Plötzlich wollte ich nicht, dass der Abend jetzt schon zu Ende ging. Ich schaute Luca fragend an. Er schien meine Gedanken erraten zu haben.

„Ich würde gern noch eine Weile bleiben. Leistest du mir Gesellschaft oder möchtest du auch schon nach Hause?", fragte er.

Ich schüttelte den Kopf. „Ich würde auch gern noch bleiben. Ich nehme mir nachher ein Taxi. Wir sehen uns ja morgen im Büro", wandte ich mich an Jenny, wobei ich Tobias vollständig ignorierte.

Jenny schaute mich zweifelnd an. „Meinst du wirklich? Ich kann natürlich auch noch bleiben, aber nicht mehr so lange. Ich bin echt müde."

„Quatsch, was soll das denn. Du gehst jetzt nach Hause und schläfst dich gründlich aus, nach all den Strapazen heute." Ich zwinkerte ihr zu.

„Ja dann", Jenny nahm mich einen Augenblick in den Arm und hauchte mir rechts und links ein Bussi auf die Wange. „Sei bloß vorsichtig, der Typ ist brandheiß und brandgefährlich", flüsterte sie dabei zu. Mit einem Grinsen verabschiedete sie sich. „Noch einen schönen Abend, ihr Zwei. Dann wollen wir beiden Hübschen mal, was, Tobias?"

Im Hinausgehen hakte sie sich tatsächlich bei Tobias unter, doch das nahm ich nur am Rande zur Kenntnis, denn Luca hatte wieder seinen Arm um mich gelegt.

„Das war dein Ex, nicht wahr? Er scheint sich ziemlich mies verhalten zu haben, was?"

Ich zuckte mit den Schultern. „Ach ja, aber das ist schon ein Jahr her. Ich will einfach nichts mehr mit ihm zu tun haben. Danke, dass du mitgespielt hast. So bin ich ihn hoffentlich für immer losgeworden."

Luca schaute mich prüfend an. „Immer gerne. Es war mir ein Vergnügen. Eigentlich wollte ich sowieso dich kennenlernen, als ich an euren Tisch gekommen bin. Deine Freundin hat mich nur gleich so in Beschlag genommen und dann ist ja dieser Tobias aufgetaucht, was ein Glücksfall für mich ist."

Unwillkürlich musste ich lachen. „Ja, Jenny ist manchmal ziemlich einnehmend. Du passt offensichtlich genau in ihr Beuteschema. Wieso war Tobias ein Glücksfall? Doch nicht wegen dem kleinen Küsschen? Das hat doch nichts zu bedeuten."

Niemals würde ich zugeben, wie sehr mir sein Kuss gefallen hatte.

Wieder bekamen seine Augen diesen eigenartigen Glanz. „So, so, ein Küsschen war das? Nun, wenn es nichts zu bedeuten hat, dann können wir es ja widerholen." Er rückte näher zu mir, was mich zurückweichen ließ.

„Ich glaube ich trinke noch einen finalen Cocktail. Möchtest du noch einen Whisky?"

„Meinst du wirklich, du kannst noch einen vertragen?", fragte er zweifelnd.

Ich schaute ihn böse an. Was meinte dieser Mann damit? Ich war nur ein ganz kleines bisschen beschwipst und ein wenig durcheinander, was nach dem Abend nicht verwunderlich war. Wortlos wandte ich mich um und ging zum Tresen um neue Getränke zu ordern.

Als ich wieder an unserem Tisch erschien, hielt Luca sich bemerkenswert zurück. Jedenfalls startete er keinen Kussversuch mehr, sondern flirtete nett mit mir, was mir sehr gefiel. Allerdings war ich, nachdem ich auch diesen Cocktail getrunken hatte, nicht mehr so sicher, ob das eine gute Idee gewesen war. Alles um mich herum schien leicht zu schwanken. Luca schien die einzige Konstante zu sein. Er hatte wieder seinen Arm um mich gelegt, was sich richtig gut anfühlte.

„Was meinst du, fahren wir jetzt zu mir oder zu dir?", nuschelte ich.

Er grinste mich an. „Ich glaube wir fahren jetzt besser zu dir. Ich liefere dich vor deiner Haustür ab und rufe dich morgen an oder übermorgen, falls es dir morgen nicht gut gehen sollte."

„Mir geht es jetzt super gut und morgen sowieso", erklärte ich empört. „Und wenn der Raum mal still stehen würde, dann ginge es mir noch besser. Es ist übrigens eine gute Idee zu mir zu fahren. Vielleicht wartet Tobias vor der Haustür und dann sieht er uns zusammen reingehen. Das geschieht ihm nur recht."

Luca grinste mich an. „Na dann los, auf zu dir."

Wir fanden problemlos ein Taxi und standen bald vor meiner Eingangstür.

Luca hatte den Taxifahrer gebeten zu warten, er wollte mich tatsächlich nur bis zur Haustür bringen, was ich in meinem derzeitigen Zustand so gar nicht verstand. Ich wollte, dass er mit in meine Wohnung kam und mich noch einmal so küssen würde, dass mir die Knie weich wurden. Doch das konnte ich ihm nicht einfach sagen, nicht mal jetzt, wo ich ziemlich angetüddelt war. So fummelte ich umständlich am Schloss der Haustür herum, was mir einige Mühe bereitete.

„Siehst du", beklagte ich mich. „Ich krieg das Schloss nicht auf und das wird mir an der Wohnungstür genauso gehen. Du musst mir helfen die Türen aufzuschließen. Bitte komm noch auf einen Kaffee mit zu mir. Wenn du keinen Kaffee magst, so können wir auch Prosecco trinken", sagte ich hoffnungsvoll.

Luca schien amüsiert zu sein. „Na gut, ich schicke das Taxi weg und dann komme ich noch mit zu dir. Wenn du darauf bestehst. Es ist echt zu befürchten, dass du die Türen wirklich nicht allein aufschließen kannst."

„Genau!"

Jetzt saßen wir in meinem Wohnzimmer auf der Couch. Ich hatte, obwohl Luca eigentlich Kaffee hatte trinken wollen, eine Flasche Prosecco geöffnet und trank mein Glas mit einem Zug leer.

Luca musterte mich eindringlich. „Du wirst morgen einen Brummschädel haben. Um das zu wissen, muss man kein Hellseher sein."

Ich rückte näher zu ihm. „Ach was, das ist mir ganz egal. Was würdest du jetzt gern mit mir machen?"

Du weißt aber schon, was du da tust", sagte er rau.

„Ich bin mir ganz sicher." Jedenfalls war ich mir in diesem Moment sicher, dass ich unbedingt noch einmal geküsst werden wollte. Natürlich nur um zu testen, ob ich jetzt genauso regierte, wie vorhin in der Bar. Deshalb legte ich eine Hand auf seinen Oberschenkel und strich ihm sanft darüber. Er zog mich mit einer einzigen Bewegung in seine Arme. Wieder küsste er mich, erst sacht, fast spielerisch, dann leidenschaftlich, feucht und fordernd. Ich öffnete die Lippen, erwiderte sein Zungenspiel, spürte, wie seine Hände unter mein Oberteil glitten, es hochschoben.

„Das habe ich gleich gesehen", murmelte er an meinen Lippen.

„Was?", wisperte ich zurück.

„Das du keinen BH trägst." Er beugte den Kopf, küsste meine Brüste, liebkoste die Knospen mit der Zunge, während seine Hände mich sanft und doch energisch auf das Polster drückten.

„Warte." Ich zog mir das Oberteil über den Kopf, schloss die Augen und konzentrierte mich ganz auf das wohlige Schaudern, das seine Lippen auf meinen Nippeln verursachte, während seine Hände unter meinen Rock tasteten, meine Oberschenkel entlangwanderten, schließlich den String zur Seite schoben.

3

Verflixt, was summte hier so laut und lang-
anhaltend? Vorsichtig hob ich den schmer-
zenden Kopf, um festzustellen, dass das Geräusch von meinem Handy kam, das auf
dem Nachttisch vor sich hin lärmte, denn es
war Zeit um aufzustehen. Wenigstens hatte
ich es gestern noch geschafft die Weckfunk-
tion zu aktivieren.
Gestern? Moment mal! Mit einem Mal kamen mir die Geschehnisse des gestrigen
Abends wieder in den Sinn, was mich abrupt in die Senkrechte brachte.
Ich hatte das Gerard Butler Double mit nach
Hause genommen, daran konnte ich mich zu
genau erinnern. Wir hatten auf dem Sofa
gesessen, ich legte meine Hand auf seinen
Oberschenkel. Was danach geschehen war,
konnte ich nur bruchstückhaft erinnern:
Sein Mund auf meinen Brustwarzen, seine
Hände, die in meinen String fuhren, mich
streichelten ...
So sehr ich meinen pochenden Kopf an-
strengte, der Rest des Abend war aus meinem Gedächtnis verschwunden. Vorsichtig
hob ich das Deckbett an um es sofort wieder
fallen zu lassen. Ich! War! Nackt!

Wie ich ins Bett gekommen war konnte ich nicht sagen. Panisch horchte ich. Es war kein ungewöhnliches Geräusch zu hören, was mich aufatmen ließ. Offensichtlich war Gerard nicht mehr in meiner Wohnung.

Ich stand ächzend auf und genehmigte mir erst einmal ein Alka Selzer. Anschließend duschte ich lange. Ein Blick auf die Uhr ließ mich auf das Frühstück verzichten. Eigentlich hatte ich sowieso keinen Hunger.

Mit mörderisch schmerzendem Kopf und einem unangenehm flauen Gefühl im Magen traf ich in der Firma ein.

Kaum in meinem Büro angekommen, überfiel mich eine unerträglich gutgelaunte Jenny.

„Mannomann, wie dieser Typ dich gestern geküsst hat! Das war die Show. Du hast hinterher richtig benommen ausgesehen."

„Geht das auch leiser? Ich habe heute Morgen ziemliche Kopfschmerzen", flüsterte ich genervt.

Jenny senkte die Stimme: „Erzähl schon. Seht ihr euch wieder? Hast du dich mit ihm verabredet?"

„NEIN! Das fehlt mir noch. Ich bin froh, dass ich ihn nicht wiedersehen muss, nach der letzten Nacht."

„Wieso nach der letzten Nacht? Du hast doch nicht etwa ... Du doch nicht!"

Jenny war hellhörig geworden. Aus Erfahrung wusste ich, dass sie sich nicht abschütteln ließ, also gab ich alle Gegenwehr auf. „Na ja, ich hatte ziemlich viel getrunken, wie du ja wohl weißt. Dazu war auch noch Tobias aufgelaufen, dann kam der Kuss und dann habe ich Gerald mitgenommen zu mir und eine Flasche Prosecco aufgemacht. Was dann passiert ist, weiß ich nicht so genau. Jedenfalls bin ich heute Morgen in meinem Bett aufgewacht und hatte nichts an. Gott sei Dank war der Typ nicht mehr da."

Jenny hatte mir mit offenem Mund zugehört. Jetzt prustete sie los.

„Das ist ja unglaublich. Ausgerechnet du, die Moral in Person machst so etwas. Ich glaube das nicht."

Mein Telefon klingelte: „Kommen sie bitte einmal, Anne. Herr diSgarbi ist da. Sie, als zuständige Sachbearbeiterin sollten ihn unbedingt kennenlernen. Sie werden in Zukunft hauptsächlich mit ihm zu tun haben."

„Ich muss zu Marcus. Der neue Großkunde ist in seinem Büro", mit diesen Worten fertigte ich die immer noch kichernde Jenny ab.

4

Mein Chef erwartete mich bereits.

„Anne, das ist Luca diSgarbi. Herr diSgarbi, Anne Groß", machte er uns miteinander bekannt.

„Herr diSgarbi." Automatisch streckte ich die Hand aus, um sie gleich wieder entgeistert zurückzuziehen. „Gerard Butler!", entfuhr es mir.

Wenn mein Gegenüber überrascht war, so ließ er es sich jedenfalls nicht anmerken. „Guten Morgen, Frau Groß", entgegnete er, ohne mit der Wimper zu zucken. „Aber nein, nicht Gerard. Sagen sie einfach Luca zu mir."

Verwirrt schaute Marcus von einem zum anderen. „Sie kennen sich bereits?"

„Nein", schnaufte ich.

„Na ja", grinste Luca.

Langsam erwachte ich aus meiner Schockstarre. „Nein, wir kennen uns nicht", erklärte ich energisch. „Herr diSgarbi erinnert mich an ... irgendwen. Entschuldigung."

„Ich hoffe doch stark, dass das schöne Erinnerungen sind, meine Liebe. Das wird unsere zukünftige Zusammenarbeit erleichtern." Wieder grinste mich dieser Mann unverschämt an, während er einen trägen Blick über meinen Körper wandern ließ.

„Wir werden schon gut zusammenarbeiten",
würgte ich wütend heraus.

„Na dann." Achselzuckend überging Marcus
mein seltsames Benehmen.

Während des folgenden Gesprächs musterte
mich der neue Kunde mit einem verwirren-
denden Blick aus dieses Mal eher dunkel-
grauen Augen amüsiert und unverschämt,
was mich völlig aus der Spur brachte.

Als das Meeting beendet war, entschuldigte
ich mich schnell und flüchtete in mein Büro.

„Was heute nur mit ihr los ist? Sonst ist sie
eine wirklich verantwortungsvolle Mitar-
beiterin", hörte ich Marcus sagen, als ich
seine Bürotür schloss.

Aufatmend ließ ich mich im meinen Bü-
rostuhl plumpsen. Was hatte ich mir hier
bloß eingebrockt. Schlimm genug, dass ich
jetzt öfter mit diesem Typen zu tun hatte. Es
war mir zu allem Überfluss immer noch
nicht eingefallen, ob wir wirklich miteinander geschlafen hatten oder nicht.

‚Wenn das der Fall gewesen wäre, dann wäre er bestimmt bei dir geblieben und hätte
sich nicht schon in der Nacht weggeschli-
chen. So ein Scheißkerl ist er nicht', versuchte ich mich zu beruhigen. Gleichzeitig
schlichen sich wieder Zweifel ein. Was,
wenn er genau solch ein Scheißkerl wäre.

Bei dem Gedanken fühlte ich mich noch mieser und vergrub den Kopf in den Händen. Meine Bürotür öffnete sich leise.

„Verschwinde, Jenny", fauchte ich gereizt. „Ich will jetzt nicht reden."

„Das wäre aber besser", sagte eine leise Stimme, während sich Hände auf meine Schultern legten.

Wie von der Tarantel gestochen fuhr ich auf und schüttelte seine Hände ab. „Fassen Sie mich nicht an! Sie haben mir gerade noch gefehlt. Erst nutzen Sie meine Lage gnadenlos aus, machen sich anschließend über mich lustig und schleichen sich jetzt in mein Büro."

Verwundert musterte er mich für einen Augenblick. „Darf ich dich daran erinnern, dass DU MICH für deinen Freund ausgegeben und anschließend darauf bestanden hast, dass ich mit zu dir nach Hause komme. Im Übrigen hast du dich freiwillig ausgezogen, Bella. Was soll jetzt das Getue?"

Unsicherheit und Wut ließen mich vollends die Beherrschung verlieren. „Was heißt hier Getue? Was heißt hier freiwillig ausgezogen? Sie haben schamlos die Situation ausgenutzt, würde ich mal sagen. Ich würde normalerweise niemals mit einem Mann Sex haben, den ich gerade erst kennengelernt habe."

„So, so?" Sein spöttischer Blick ließ mich verstummen. „Du kannst dich also doch erinnern? Ich hoffe es hat dir gefallen."

„Ja, nein, wir hatten, wir haben doch nicht wirklich ...", stotterte ich.

Wieder öffnete sich die Tür, dieses Mal polterte tatsächlich Jenny in mein Büro. Sie machte große Augen. „Oh, ich konnte ja nicht ahnen, dass du Besuch hast, Anne."

„Habe ich auch nicht", entgegnete ich schnippisch. „Herr di Sgarbi wollte gerade gehen." Luca schaute mich einem Moment an, dann wandte er sich zur Tür. „Übrigens, du hast ein süßes Tatoo auf deiner Leiste. Ich mag Röschen sehr, Bella", sagte er im Hinausgehen.

„Bingo, ihr habt es also doch getan", stelle Jenny trocken fest.

5

Während ich die Flüge nach Mailand und Hotelzimmer für Marcus und mich buchte, fluchte ich lautlos vor mich hin. Obwohl ich mich bemüht hatte, meinen Chef vom Gegenteil zu überzeugen, bestand er auf meiner Teilnahme an der Vertragsunterzeichnung zwischen Luca diSgarbi und ihm.

„Was ist in letzter Zeit mit Ihnen los, Anne?",
fragte er mit einem sanften Tadel in der
Stimme. „Sie sind doch sonst nicht so – fast
würde ich sagen zickig. Es ist ganz normal,
dass Sie mitfliegen. Schließlich sind Sie in
Zukunft die Ansprechpartnerin für die Firma diSgarbi. Das haben wir immer so ge-
handhabt, wenn Sie sich erinnern wollen.
Kümmern Sie sich bitte um Flüge und ein
Hotel."

Damit war das Thema für ihn durch.

„Sei doch froh, dass du ihn wiedersiehst",
stelle Jenny auf ihre unnachahmliche Art
fest. „Wenn du dich nicht mehr an die Nacht
mit ihm erinnern kannst, so wird es Zeit,
dass du die ganze Sache widerholst. Aber
sieh zu, dass du nüchtern bleibst. Nicht,
dass dir wieder der beste Teil entgeht."

Sie seufzte theatralisch. „Bestimmt ist dieser Luca ein fantastischer Liebhaber. Ich für
meinen Teil würde ihn sofort vernaschen,
wenn ich die Gelegenheit bekäme."

Einen Augenblick zögerte sie und fuhr dann
fort. „Ich muss dir übrigens was erzählen. Es
gibt da einen Typen, der ist auch nicht
schlecht. Ich denke er passt ganz gut zu
mir."

Ich unterbrach sie mit einem genervten Au-
genrollen: „Oh nein! Ich habe im Moment
genug von allen Typen, wirklich. Erzähl mir

jetzt bloß nichts über Zahnärzte oder Urologen oder sonst wen, mit dem du ins Bett steigst."

Jenny zuckte mit den Schultern. „Hach, was bist du heute wieder unausstehlich. Ich sollte dich wohl lieber in Ruhe lassen."

In den Nächten vor unserem Abflug nach Mailand schlief ich ausgesprochen schlecht. Luca ging mir nicht aus dem Sinn. Zudem machte es mich ganz verrückt, dass ich mich noch immer nicht genau an den Ausgang des bewussten Abends erinnern konnte. Ich sah dem Widersehen mit ihm mit gemischten Gefühlen entgegen.

Da unser Flieger am frühen Morgen startete gab ich vor noch müde zu sein, was gar nicht mal so unrichtig war. Marcus ließ mich in Ruhe, so schloss ich für einen Moment die Augen.

Luca saß plötzlich neben mir im Flugzeug. Er hüllte mich sanft in eine kuschelweiche Decke, was mich wohlig seufzen ließ. Ich legte meinen Kopf an seine Schulter.

„Ich will dich", flüsterte er und begann die Knöpf meiner Bluse zu öffnen, quälend langsam. Anschließend ließ er die Hände in die Körbchen meines BHs gleiten, umkreiste

meine Nippel, schob das störende Wäsche-
stück zur Seite. Erregung überflutete mich,
ließ mich leise aufstöhnen. „Leise, du willst
doch nicht, dass jemand etwas mitbekommt",
wisperte er amüsiert. Ehe ich etwas erwidern
konnte, nahm er meine Nippel zwischen
Daumen und Zeigerfinger, rieb sie sanft, sodass sie sich hart aufrichteten. Ich bewegte
mich unruhig in meinem Sitz, spreizte die
Schenkel. Nun wanderten seine Hände unter
meinen Rock, schoben ihn hoch, schlüpften in
meinen Slip. Vorsichtig strich er über meine
Scham, fühlte meine Nässe. Das schien ihm zu
gefallen, denn er atmete hörbar ein, ließ zwei
Finger in meinen Schoß gleiten. Ich konnte
nicht anders, als ihm entgegenkommen, bewegte mich jetzt rhythmisch zu seinem ge-
konnten Fingerspiel. Er passte sich meiner
Bewegung an, rieb mit der anderen Hand
meine Scham. Ich spreizte die Schenkel noch
weiter, wurde noch feuchter. Mein ganzer
Körper spannte sich an. Mit einem unter-
drückten Stöhnen kam ich.

„Anne, ist ihnen nicht gut?"
Ich blinzelte, schaute verwirrt in das be-
sorgte Gesicht meines Chefs. Wie peinlich
das war! Ich war tatsächlich in eine Decke
gehüllt und hatte den Kopf an seine Schulter
gelehnt.

Schnell richtete ich mich auf. „Es tut mir leid."

„Das ist schon in Ordnung, meine Liebe. Ich habe mir erlaubt Sie zuzudecken, es schien mir, als wäre ihnen kalt. Jedenfalls hatten Sie eine Gänsehaut und haben gezittert", sagte Marcus schnell.

Täuschte ich mich oder war er rot geworden? Ich schüttelte, noch ganz benommen von dem ziemlich realistischen Traum, den Kopf. Zwischen meinen Schenkeln fühlte es sich feucht an.

„Alles in Ordnung? Wir landen gleich", Marcus sah mich prüfend an. „Vielleicht sollten Sie sich nach der Vertragsunterzeichnung ein paar Tage frei nehmen. Sie scheinen in letzter Zeit etwas angespannt zu sein."

Ich räusperte mich. „Ach was, das scheint Ihnen nur so. Es ist alles in Ordnung. Ich bin etwas angespannt, weil es mir bewusst ist, wie wichtig dieser Vertrag für die Firma Adler & Söhne ist. Bringen wir ihn unter Dach und Fach."

Marcus tätschelte meine Hand. „So gefallen Sie mir schon viel besser."

6

Ich stand vor dem Badezimmerspiegel meines Hotelzimmers und überprüfte zum x-ten Mal mein Makeup. Der so wichtige Vertrag war unterschrieben worden, alles war reibungslos über die Bühne gegangen.

Luca diSgarbi hatte uns von seiner Assistentin abholen lassen. Er selbst erwartete uns in seinem Büro.

Paola war eine rassige Brünette, die sehr vertraut mit ihm zu sein schien. Jedenfalls kam mir das so vor, denn sie berührte ihn bei jeder sich bietenden Gelegenheit, was er sich offenbar gern gefallen ließ. Sie legte ihm wie zufällig die Hand auf den Arm, zupfte nicht vorhandene Fusseln von seinem Jackett, ließ ihn nicht aus den Augen und erkannte schon im Ansatz, was er zu tun gedachte. Neben ihr kam ich mir blass und unscheinbar vor, was meine Stimmung völlig in den Keller sinken ließ.

So versuchte ich, das Beste aus der Situation zu machen, gab mich kühl und unnahbar, obwohl mir das Herz bis zum Hals schlug, als ich Luca wiedersah. Um das zu überspielen gab ich ihm zur Begrüßung nur zögerlich die Hand, zog sie so schnell wie möglich wieder zurück und vermied es die ganze

Zeit, ihm in die Augen zu schauen. Luca schien das gar nicht zu bemerken. Er war korrekt und sehr höflich, schien sich nicht mehr an unsere denkwürdigen Begegnungen zu erinnern.

Dieses Verhalten brachte mich auf die Palme. Während ich seit Wochen schlecht schlief, immerzu an ihn dachte und auch noch im Flieger einen erotischen Traum mit und von ihm gehabt hatte, beachtete er mich nicht.

So blieb ich fast unhöflich wortkarg, antwortete nur, wenn ich direkt angesprochen wurde. Mehr als einmal streifte mich ein verwunderter Blick von Marcus, doch er enthielt sich jedes Kommentars.

Für den Abend hatte die Firma diSgarbi zu einem Dinner geladen, für das ich extra mein Lieblingsteil eingepackt hatte, ein rotes, tief dekolletiertes Abendkleid. Der Seidenstoff fiel in lockeren Kaskaden, ließ nichts wirklich erkennen, doch war klar, dass ich bis auf einen String keine Wäsche darunter trug. Dazu hatte ich meine roten Highheels angezogen.

Jetzt bereute ich diese Wahl, denn das Kleid erschien mir plötzlich viel zu gewagt.

‚Toll, Anna, was hast du dir dabei gedacht!', dachte ich. Verflixt, das sah ja fast so aus, als wolle ich den nachgemachten Gerard Butler anmachen, was natürlich nicht der Fall war. Ich wollte dem arroganten Typen nicht einmal gefallen! Verzweifelt schaute ich noch einmal meine Garderobe durch, fand aber keine Alternative. Ich zuckte die Schultern. Es war nicht mehr zu ändern. So machte ich mich mit gemischten Gefühlen auf den Weg in die Lobby.

Hier erwartete mich bereits Marcus, der mich anerkennend musterte. „Sie sehen einfach umwerfend aus, Anne. DiSgarbi müsste jeden Moment eintreffen. Ach, da ist er schon."

Luca betrat die Lobby, die unvermeidliche Assistentin im kleinen Schwarzen hing an seinem Arm. Ihnen folgten einige Führungskräfte aus seinem Unternehmen.

Ich hielt unwillkürlich die Luft an, denn er sah einfach unverschämt gut aus.

Lächeln kam er auf uns zu, begrüßte uns überschwänglich. „Jetzt, wo wir die Formalitäten erledigt haben, wollen wir zum angenehmen Teil übergehen. Ich habe eine Kleinigkeit vorbereiten lassen", hier stockte er. Es kam mir so vor, als würde er mich zum ersten Mal seit ich in Mailand war richtig anschauen. Es schien ihm zu gefallen, was er sah, fast hatte ich den Eindruck, als würde ihm meine Abendgarderobe den Atem verschlagen. Er musterte mich von oben bis unten, hielt meine Hand länger als notwendig fest und schaute mir tief in die Augen. Für einen Augenblick versank ich in seinem Blick.

Paolas Stimme holte mich in die Wirklichkeit zurück. Der Augenblick war vorbei, ehe ich ihn richtig realisieren konnte. „Luca, kommst du dann? Es ist alles perfekt getimt." Sie wandte sich an Marcus. „Die Küche hier ist fantastisch, der Küchenchef ein Exzentriker, aber ein Star am kulinarischen Himmel. Ihn lässt man nicht warten."

Man führte uns in einen kleinen, exquisiten Raum, der für das Essen eingedeckt war. Leise Musik klang im Hintergrund. Luca führte mich zu meinem Stuhl. „Natürlich sitzt du neben mir, Bella", murmelte er mir zu.

Ich zog möglichst hochmütig die Augenbrauen hoch. „Ach, so viel Aufmerksamkeit ist doch nicht nötig. Immerhin haben Sie mich den ganzen Vormittag nicht beachtet", giftete ich.

Ich konnte gar nicht sagen, woran das lag, aber dieser Mann brachte mich durch seine bloße Anwesenheit zum Kochen. So wie er jetzt ironisch lächelte und mir kommentarlos den Stuhl zurechtrückte, hätte ich ihm am Liebsten alle zehn Fingernägel durch das Gesicht gezogen.

Ich rief mich zur Ordnung und beschloss das Beste aus dem Abend zu machen. Anschließend würde ich nur noch auf geschäftlicher Ebene mit diesem Mann zu tun haben. So redete ich während des wirklich vorzüglichen Dinners nicht viel, was auch damit zu tun hatte, dass Luca viel zu nah neben mir saß. Er brachte mich nicht nur auf die Palme, er machte mich zusätzlich auch noch nervös, auch wenn er mich jetzt wieder höflich und distanziert behandelte.

Das Dessert wurde serviert. Luca wandte sich zum ersten Mal während des Essens direkt an mich: „Das hätten Sie wählen sollen. Jetzt müssen Sie probieren, Anne. Es ist meine Lieblingsmousse." Er hielt mir tatsächlich auffordernd seinen Löffel entgegen. Ich zögerte, wollte abwehren.

„Keine Angst, es ist nicht vergiftet." Wieder dieses mild, ironische Lächeln.

Entschlossen probierte ich. Irgendwie schmeckte ich nicht wirklich etwas, denn sein Gesicht war meinem plötzlich viel zu nah.

„Gut, nicht wahr!" Er lächelte fast zärtlich, tauchte den Löffel erneut in die Mousse, führte ihn zum Mund und leckte genüsslich. „Jetzt schmeckt es doppelt gut", flüsterte er mit einem Augenzwinkern.

„Na ja, es geht so", mit diesen Worten widmete ich mich meinem Dessert.

Nach dem Essen ging es in die Hotelbar, in der ein Pianist dezent verträumte Musik spielte. Mehrere Pärchen drehten sich auf einer kleinen Tanzfläche.
Marcus gab sich begeistert: „Dieses Hotel gefällt mir immer besser. Erst das hervorragende Essen und jetzt diese Unterhaltung zum Ausklang." Er wandte sich an Paola. „Möchten Sie tanzen?" Grazil erhob sie sich. „Aber gern."
Wir schauten den beiden einen Augenblick zu, dann guckte mich Luca auffordernd an. Er stand auf und streckte mir seine Hand entgegen „Tanz mit mir!" Dazu lächelte er sanft und doch herausfordernd.
‚Dieser Mann weiß ganz genau was er will', fuhr es mir durch den Kopf.
Bevor ich etwas erwidern konnte, nahm er meine Hand, zog mich in seinen Arm. Dazu brauchte er nur eine einzige kleine Bewegung. Mit ein paar Schritten waren wir auf der Tanzfläche. Dort nahm er mich wieder in den Arm, ließ mir kaum Zeit um Luft zu holen. Seine Hand lag locker auf meinem Rücken, streichelte sanft, fast wie ein Hauch. Ich spürte seine Finger heiß durch den dünnen Stoff meines Kleides.

Behutsam führte er mich zu den Klängen eines langsamen Songs. All mein Widerstand schmolz dahin. Ich fühlte mich eigenartig willenlos und schmiegte mich an ihn, was ihn dazu veranlasste, mich noch fester in den Arm zu nehmen. Ich schloss die Augen, ließ mich ganz auf die Musik ein.

Der Song war zu Ende, doch er ließ mich nicht los, führte mich in den nächsten Tanz. So tanzten wir eine Weile schweigend, traumverloren.

Schließlich beugte er sich nah an mein Ohr. „Ach Anne", sagte er rau. „So geht das nicht. Wir müssen unbedingt in Ruhe reden."

Mit einem kräftigen Bums landete ich auf dem Boden der Realität. Was tat ich eigentlich hier! Ich öffnete mit einem Ruck die Augen und ging auf Abstand. „Sorry, das wollte ich jetzt gar nicht", stammelte ich etwas dämlich. „Reden? Ich wüsste nicht worüber, außer vielleicht über neue Schaltertypen oder so."

Er zog mich mit einem leichten Ruck wieder näher zu sich. „Du meine Güte, jetzt sei doch nicht so halsstarrig und vor allem nicht so kratzbürstig. Es gibt eine Menge zwischen uns zu klären. Und das hat gar nichts mit dem Geschäft zu tun."

So, so, er wollte also reden. Das konnte er haben. „Sag mal, wie bist du denn drauf", entrüstete ich mich. „Seit wir hier sind sprichst nur das Nötigste mit mir, behandelst mich quasi wie eine unbekannte Unsichtbare und machst dich über mich lustig. Probieren Sie doch mal mein Dessert", äffte ich ihn nach. „Pah, was sollte das denn! Und jetzt willst du große Gespräche führen? Das ist ...", hier brach ich ab, denn mir fiel keine passende Bemerkung ein.

„Na ja, wenigsten duzt du mich jetzt wieder", erklärte Luca trocken. „Das ist schon mal ein Fortschritt. Wir fallen auf und das möchtest du doch bestimmt nicht. Ihr fliegt morgen früh schon zurück, nicht wahr. Dann werden wir uns nachher noch unter vier Augen unterhalten. Und wenn du nicht freiwillig mit mir reden willst, dann werde ich deine Zimmertür eintreten, da kannst du sicher sein. Aber für den Augenblick lasse ich dich in Ruhe", das alles sagte er ruhig und leise mit einem kleinen Lächeln, das mir eine Gänsehaut verursachte, während er mich zurück zum Tisch führte.

Ehe ich mich setzen konnte, forderte Marcus mich zum Tanzen auf. „Anne, wir müssen reden", sagte er, als wir uns auf der Tanzfläche befanden.

Ich unterdrückte ein hysterisches Kichern. Das war jetzt schon der zweite Mann, der innerhalb einer Viertelstunde mit mir reden wollte.

„Was ist da zwischen Luca und Ihnen los? Gibt es Unstimmigkeiten?", fuhr er fort. „Der Mann und seine bezaubernde Assistentin geben sich alle Mühe, um den Abend angenehm zu gestalten. Sie könnten wirklich etwas entgegenkommender sein, meine Liebe."

Entgegenkommender? Ich versteifte mich. Marcus schien bemerkt zu haben, dass er einen empfindlichen Nerv getroffen hatte.

„Ich wollte Ihnen nicht zu nahe treten. Es kommt mir nur so vor, als wären Sie in Lucas Gegenwart ziemlich verspannt. Aber vielleicht täusche ich mich."

Ich versuchte ein strahlendes Lächeln. „Das kommt Ihnen wirklich nur so vor und es tut mir Leid, dass der Eindruck entstanden ist. Ich habe einfach schon den ganzen Tag Kopfschmerzen. Ich glaube, ich habe mir eine Erkältung eingefangen. Sorry wenn das so deutlich zu bemerken ist."

„Ja dann." Marcus wirkte erleichtert. „Dann bringe ich Sie besser zum Tisch zurück. Morgen früh geht es zurück nach Hause. Ich bestehe darauf, dass Sie sich für den Rest der Woche frei nehmen und sich vernünftig auskurieren. Sicher haben Sie die Erkältung schon länger in den Knochen. Deshalb sind Sie in der letzten Zeit so anders als sonst."

Das war typisch Marcus. Ich lächelte ihn dankbar an. „Ich denke, dass ich dieses Angebot gern annehme, falls meine Erkältung nicht besser wird."

Gleichzeitig fiel mir Lucas Drohung wieder ein. Ich hatte nicht vor, mich unter vier Augen mit ihm zu unterhalten, aber ich hatte keinen Plan, wie ich das verhindern konnte. Vielleicht würde er die ganze Sache auf sich beruhen lassen, wenn ich ihn für den Rest des Abends nicht weiter beachtete.

Daran hielt ich mich. Einer von Lucas Mitarbeitern hatte schon den ganzen Abend versucht meine Aufmerksamkeit auf sich zu ziehen. Darauf ging ich jetzt ein und bald saß der Typ nah bei mir. Ein bisschen sehr nah, wie ich fand, doch tat ich so, als würde mir das gefallen. Schließlich wollte ich seinem Boss beweisen, dass ich es gar nicht nötig hatte, mich mit ihm abzugeben.

Mein Plan ging auf. Je weiter der Abend fortschritt, je öfter ich mit dem Typen tanzte und je näher er rückte, desto finsterer wurde Lucas Miene. Bald kam es mir vor, als würde er mich gar nicht mehr aus den Augen lassen. Immer wenn ich unauffällig in seine Richtung blickte traf mich ein bitterböser Blick.

Der Abend neigte sich dem Ende zu, was mir nicht ungelegen kam, denn der Mitarbeiter wurde mir langsam lästig. Er strahlte mich unentwegt an, schilderte mir seine Vorzüge in den schillerndsten Farben, berührte mich ständig wie zufällig.

Er forderte mich zu einem letzten Tanz auf und ich folgte ihm auf die Tanzfläche. Hier zog er mich eng an sich, was mich auf Abstand gehen ließ.

Er runzelte irritiert die Augenbrauen. „Ich dachte wir wären uns im Laufe des Abend näher gekommen", raunte er nah an meinem Ohr. „Vielleicht können wir uns nachher noch einmal treffen. Nur wir zwei, ganz intim."

Ich konnte es nicht glauben. Was war denn heute Abend bloß mit den Männern los? Oder war das in Mailand der normale Umgangston?

„Sorry, aber da haben Sie etwas falsch verstanden. Dies ist doch nichts weiter als ein Geschäftsessen mit Abendunterhaltung", gab ich zurück. „Im Übrigen bin ich müde und würde nach diesem Tanz gern auf mein Zimmer gehen." Langsam gingen mir die Männer der Firma diSgarbi fürchterlich auf die Nerven.

„Oh, die Dame ist spröde. Vorhin sind Sie mir durchaus entgegenkommen erschienen", spöttelte mein Tanzpartner und zog mich wieder näher an sich heran.

Ehe ich etwas erwidern konnte, stand Luca vor uns. „Ich glaube diesen letzten Tanz sollte Frau Groß mit mir zu Ende führen", sagte er gefährlich leise, was seinen Mitarbeiter dazu veranlasste, schnellstens das Feld zu räumen.

„Du gestattest", Luca nahm mich in den Arm. „Ich muss mich für ihn entschuldigen. Aber du solltest wirklich aufhören, die Männer so anzumachen", knurrte er. „Sie müssen ja meinen, du wärst leicht zu haben."

Ich erstarrte. Das war die Unverschämtheit schlechthin. Am Liebsten hätte ich ihn mitten auf der Tanzfläche geohrfeigt, aber das traute ich mich denn doch nicht. Also blieb ich abrupt stehen und holte tief Luft.

„Das reicht jetzt. So etwas muss ich mir ganz bestimmt nicht sagen lassen, du, du ..." Ich rang nach Worten. „Du aufgeblasener, italienischer ... Typ", und weil mir einfach kein passendes Schimpfwort einfiel, drehte ich mich um und ließ ihn auf der Tanzfläche stehen.

An unserem Tisch angekommen wandte ich mich an Marcus. „Ich bin wirklich müde und würde jetzt gern auf mein Zimmer gehen.

Wir sehen uns dann morgen zum Frühstück."
Ehe er etwas entgegnen konnte, war ich
schon in Richtung Aufzug unterwegs.

7

In meinem Zimmer angekommen zog ich
mir die Schuhe und die halterlosen Strümp-
fe aus und schnaufte erst einmal durch.
Der ganze Abend, ach was, der ganze Tag
war eine einzige Katastrophe gewesen. Gut,
dass wir morgen schon früh heimfliegen
würden. So brauchte ich Luca und seinen
aufdringlichen Mitarbeiter nicht mehr zu
sehen. Wenn ich erst einmal wieder zu Hause war, würde ich sie schon entsprechend
auf Abstand halten. Mit weiteren Geschäfts-
besuchen in Mailand war zum Glück erst
einmal nicht zu rechnen.
An dieser Stelle kam mir Lucas Drohung
wieder in den Sinn. Ich zuckte mit den
Schultern. Wahrscheinlich würde Marcus
noch eine Weile mit ihm in der Bar sitzen
und einen Absacker nehmen. So würde Luca
sicher nicht mitten in der Nacht auf einem
Gespräch zwischen ihm und mir bestehen.

Wahrscheinlich hatte er das Ansinnen bereits vergessen, schließlich war es schon weit nach Mitternacht.

Das Klingeln meines Handys unterbrach meine Gedanken. Ohne zu überlegen meldete ich mich.

„Hier ist der aufgeblasene italienische Typ." Wieder klang Luca besorgniserregend leise. „Ich habe dir gesagt, dass wir heute noch reden werden. Ich stehe vor deiner Zimmertür. Bitte öffne mir."

„NEIN!" Ich schaute mich panisch um, als würde er mir jeden Moment auf die Schulter klopfen. „Ich ... äh ... ich bin schon ausgezogen ... ich meine, ich schlafe schon ..."

Verzweifelt hielt ich inne - und hörte ihn leise lachen.

„Dafür, dass du schon schläfst klingst du aber munter. Bitte zieh dir etwas an und mach die Tür auf. Wir können uns doch wie zivilisierte Mitteleuropäer unterhalten. Ich gebe dir mein Ehrenwort, dass ich nichts tue, was du nicht willst. Bitte!"

Irgendwie kam ich mir ganz schön dumm vor. Schließlich war ich eine erwachsene Frau und benahm mich wie ein verängstigtes Kind. So öffnete ich zögernd die Tür. Luca stand tatsächlich davor und ließ nun sein Handy in der Jackentasche verschwinden.

„Darf ich", mit diesen Worten betrat er mein Zimmer.

Ich verschränkte die Arme vor der Brust, denn plötzlich fröstelte ich. „Okay, was willst du überhaupt von mir."

Er musterte mich von oben bis unten. „Du hast dich erstaunlich schnell wieder angezogen", witzelte er, doch funkelten seine Augen anerkennend. „Dieses Etwas von einem Kleid - eigentlich brauchtest du dafür einen Waffenschein. Weißt du überhaupt, wie schön du bist, Bella?"

„Ach, und um mir das zu sagen störst du mich mitten in der Nacht?", fragte ich spitz.

„Augenscheinlich bist du noch hellwach. So schlimm kann das also nicht sein." Er streckte mir seine Hand entgegen. „Lass uns vernünftig miteinander reden, ja. Komm einfach her, nur ein kleines Stück."

Ich ließ die Arme sinken und machte einen Schritt auf ihn zu. Plötzlich kam ich mir ziemlich idiotisch vor. Eigentlich war es gar nicht meine Art so herumzuzicken oder wie ein Fischweib loszukeifen. Ich nahm seine Hand und schaute in seine, jetzt grau verschleierten Augen, verlor mich in diesem Blick.

„Was ist das bloß", murmelte ich. „Sobald ich dich sehe, könnte ich dir die Augen auskratzen. Das ist nicht normal."

Er lächelte mich an. „Ja, so wirke ich nun mal auf Frauen. Alle wollen sie mich, um auf mich loszugehen. Es tut mir wirklich leid, dass unsere erste Begegnung so aus dem Ruder gelaufen ist. Ich hätte nicht mit in deine Wohnung kommen sollen. Das war keine gute Idee. Aber du warst so, wie soll ich sagen - verlockend und süß."

„Von wegen süß und verlockend! Ich war ziemlich daneben, wegen meines Ex", wandte ich ein. „Na ja, und ich habe ein bisschen zu viel getrunken. Du hast die Situation ganz schön ausgenutzt, mein Lieber. Ich war sozusagen unter Drogeneinfluss und wehrlos."

Ich hatte schon wieder angefangen mich aufzupumpen, doch er nahm mir den Wind aus den Segeln. Ich hatte in meiner Verwirrung gar nicht richtig mitgekriegt, dass er noch immer meine Hand in der seinen hielt. Sanft strich er mir über den Handrücken und führte mich zur Sitzecke.

„Ich glaube im Sitzen redet es sich besser. Sag, bist du deshalb so zornig auf mich? Ich habe doch direkt nach dem verflixten Abend in deinem Büro versucht mit dir zu reden. Aber du hast mir keine Chance gegeben."

Entschlossen entzog ich ihm meine Hand. „Ich stand eindeutig unter Schock. Ich bin aufgewacht und du warst nicht mehr da,

worüber ich, ehrlich gesagt, heilfroh war.
Dann läufst du mir im Büro über den Weg
und bist auch noch der neue, wichtige Kunde mit dem ich in Zukunft regelmäßig zu
tun habe."

Er zog die Augenbrauen zusammen und
funkelte mich zornig an. „Was soll das denn
heißen, du warst froh, dass ich weg war?
Immerhin hast du mich fast genötigt, mit in
deine Wohnung zu kommen. Und eins will
ich dir mal sagen: Ich will nie wieder sehen,
dass du dich so an einen Mann heran-
machst, wie du das heute getan hast. Der
arme Kerl hat ja nicht mehr gewusst, wo
hinten und vorne ist. Am Liebsten hätte ich
dich über das Knie gelegt und dir den süßen
Po versohlt. Trotzdem werde ich ihm in den
nächsten Tagen ein paar Takte flüstern. Er
wird sich in Zukunft dir gegenüber voll-
kommen korrekt verhalten, sonst Gnade
ihm Gott."

Ich zuckte zusammen. Jetzt war er so arro-
gant wie zuvor, was mich unheimlich wütend machte. „Verdammt nochmal, muss ich
mir das mitten in der Nacht eigentlich an-
hören. Ich hatte bei unserem ersten Treffen
einfach zu viel getrunken. Vielleicht ver-
stehst du das mal. Unter normalen Umständen hätte ich mich gar nicht mit dir abgege-
ben. Du bist überhaupt nicht mein Typ. Da

würde ich ja lieber mit deinem unsäglichen Mitarbeiter rummachen, echt! Obwohl ich den auch nicht ausstehen kann."

„Ach, tatsächlich? Das wollen wir doch mal sehen", knurrte er und zog mich, wie schon beim Tanzen, mit einer einzigen Bewegung an sich, wobei er es so geschickt anfing, dass ich meine Arme nicht bewegen konnte. Für einen Augenblick schaute er mich an, dann senkte er den Kopf, berührte meine Lippen mit seinem Mund, erst sanft, dann fordernder.

Was war nur mit mir los? Vor einer Minute hätte ich ihn schlagen können, jetzt erwiderte ich seinen Kuss gierig. Mein Körper schien ein Eigenleben zu führen, er schmiegte sich an ihn. Er lockerte seinen Griff. Wie von selbst legten sich meine nun befreiten Arme um seinen Hals. Unsere Zungenspitzen berührten sich, spielten miteinander, während unsere Hände auf die Wanderschaft gingen, den Körper des Anderen erkundeten. Seine Hände glitten in den Ausschnitt meines Kleides, streichelten meine Brüste. Die Knospen richteten sich auf, feuchte Wärme machte sich zwischen meinen Schenkeln breit. Ich spürte knisternde Erregung, erschauerte. Nach einer Ewigkeit löste er sich von mir.

„Ich habe dir versprochen, dass ich nichts mache was du nicht willst. Wie soll es weitergehen? Wenn du es möchtest, dann gehe ich jetzt sofort, aber lieber würde ich heute Nacht bei dir bleiben. Möchtest du das auch?"

Den letzten Satz sagte er leise, schüchtern und unsicher. Er streckte die Hand aus, fuhr mit dem Finger die Konturen meiner Wangenknochen nach, strich zärtlich über meinen Mund. Das und der Blick aus seinen Augen, verletzlich und unsicher, ließ mich allen Zorn, allen Frust vergessen. Ich wollte ihn, begehrte ihn so sehr. Wenigstens für heute Nacht wollte ich alles vergessen.

„Bitte bleib", wisperte ich.

Er stand wortlos auf, nahm mich auf den Arm und trug mich zum Bett, wo er mir das Kleid von den Schultern streifte. Es glitt wie von selbst zu Boden. Er ließ seinen Blick träge über meinen Körper gleiten.

„Du bist eine Schönheit", murmelte er, während er sich das Sakko auszog und es achtlos auf einen Sessel warf, die Krawatte folgte. Ich trat zu ihm, öffnete sein Hemd, langsam, Knopf für Knopf, strich zärtlich über seine harten Brustmuskeln, seinen Bauch. Er ließ mich nicht aus den Augen, stöhnte leise auf, als ich seinen Gürtel öffnete. Ungeduldig schob er meine Hände beiseite, entledigte sich seiner restlichen Kleidung, kniete sich vor mich, um mir den String auszuziehen. Anschließend drängte er mich sanft zum Bett, was ich nur zu gern zuließ.

Wieder küsste er mich, zunächst unendlich zärtlich, doch bald mit wachsender Leidenschaft. Ich erwiderte das heiße Spiel, saugte seine Zunge in meinen Mund, fühlte mich schwerelos in seinen Armen.

Sein Mund ging auf die Wanderschaft, verweilte an meinem Hals, in der Halsbeuge, küsste und leckte, gelangte zu meinen Brüsten. Er umkreiste meine harten Nippel mit der Zunge, ließ mich vorsichtig seine Zähne spüren. Dann umschloss er meine Brüste mit den Händen, drückte sie so zusammen, dass er an beiden Warzen saugen konnte. Eine neue Welle der Erregung überflutete mich, ich holte scharf Luft, mein Körper zitterte unter ihm.

Er hielt einen Augenblick inne. „Ist das gut für dich", lächelte er.

Ich nickte. Er glitt weiter abwärts, hob sanft meine Beine. Ich konnte gar nicht anders, als meine Schenkel weit für ihn zu öffnen und ihm meine feuchte Scham anzubieten. Er streichelte sie mit der Zunge, strich quälend langsam über meine Perle, saugte an ihr, machte mich damit wahnsinnig.

Ich keuchte. „Bitte, hör nicht auf", flehte ich ihn an, fühlte, dass er zwei Finger in mich schob, während er mich weiter leckte. Ich bestand nur noch aus Gefühl, hob ihm meine Hüften entgegen, während ich mich selbst stöhnen hörte. Meine Hände gruben sich in sein Haar. Ein nicht enden wollender Höhepunkt überrollte mich.

Als ich wieder einigermaßen zu Atem gekommen war, bemerkte ich, dass er mich in seinen Armen hielt.

„Ich hoffe das hat dir gefallen", flüsterte er mit einem, zugegeben, etwas selbstzufriedenen Lächeln.

„Oh ja, wer hat dir das beigebracht."

Dieses Mal grinste er unverschämt. „Mann lernt schließlich aus seinen Erfahrungen. Ich bin gerade dabei neue zu sammeln", mit diesen Worten beugte er sich vor, küsste mich wieder zwischen den Beinen, ließ seine Zunge spielen, was mich erneut erschauern ließ.

Doch diese Mal hatte er etwas anderes vor. Er richtete sich auf, küsste mich auf den Mund. Ich konnte mich an seinen Lippen schmecken, was mich noch mehr erregte. Dann löste er sich von mir, streife sich ein Kondom über, nahm meine Beine, legte sie sich über die Schultern und drang langsam in mich ein. Er stütze die Arme rechts und links von meinem Kopf ab, blieb einen Moment regungslos, sah mir in die Augen. Seine Härte füllte mich ganz aus, schien in mir noch größer zu werden. Langsam bewegte er die Hüften, so, als würde er einfach das Gefühl genießen, ganz in mir zu sein. Ich erwiderte seine Bewegungen, kam ihm entgegen als er das Tempo allmählich steigerte. Ich schloss die Augen, konzentrierte mich ganz auf den Rhythmus unserer Lenden. Plötzlich spürte ich seine Hand schmerzhaft in meinem Haar.

„Sieh mich an", keuchte er. „Ich will in deine Augen sehen, wenn du kommst."

Ich schaute auf, sah sein Gesicht über mir schweben, sah ihm in die Augen, stieß ihm meine vor Lust brennende Scham entgegen, um ihn noch tiefer in mich aufzunehmen. Er erhöhte das Tempo, rammte sein Glied tief in mich, um sie jedes Mal so weit herauszuziehen, dass er fast aus mir herausglitt. Drang mit jedem Stoß von neuem in mich ein, spießte mich auf, nahm mich, wie es ihm gefiel. Ich klammerte mich an ihn, fühlte einen weiteren Höhepunkt herannahen.

„Bitte", stammelte ich, während die Wellen der Erregung über mir zusammenschlugen. Ich spürte wie er immer schneller pumpte und sich schließlich mit einem heiseren Keuchen ergoss.

Schwer atmend legte er seine Stirn gegen die meine. Ich umarmte ihn, strich ihm liebevoll über den Rücken. Er rollte uns auf die Seite, nahm mich in die Arme. „Hoffentlich war das nicht zu heftig für dich. Ist alles in Ordnung?"

Ich schmiegte mich an ihn. „Oh ja, das war einfach unbeschreiblich schön und", ich zögerte einen Augenblick, „und es war unbeschreiblich geil."

Ich spürte, wie er lächelte. „Das ist gut. So könnte ich es mir immer zwischen uns vorstellen."

Das klang toll. Aber wie sollte es funktionieren. Entschlossen drängte ich diese Gedanken in den Hintergrund. Heute wollte ich nicht mehr weiter darüber nachdenken. Und während Luca mich sanft streichelte, schlummerte ich ein. Schon im Halbschlaf hörte ich seine Stimme: „Ich glaube, ich habe mich verliebt", flüsterte sie.

Oder hatte ich mir das nur eingebildet?

8

Ich schien gerade erst eingeschlafen zu sein. Draußen war es noch stockdunkel, also lange noch nicht Zeit zum aufstehen.

Schlaftrunken und trotzdem intensiv fühlte ich seine Hände auf der Haut, seinen Mund. Er küsste mich.

Träumte ich? Ich beschloss die Augen nicht zu öffnen und einfach zu genießen. Küsste auch ihn, sog seinen Duft ein.

Seine Hände tasteten sich zwischen meine Beine, fühlten meine Feuchte. Sanft drehte er mich um und bereitwillig kniete ich mich hin, streckte mich ihm entgegen. Ich hörte, wie er eine Kondompackung aufriss. Heiße Erregung durchfuhr mich, als sein harter Phallus ganz langsam in mich drang und er dann innehielt. Ich wiegte mich langsam vor und zurück. Er schien, noch immer bewegungslos, meine wiegenden Bewegungen zu genießen. Ich steigerte das Tempo, spürte, wie er mit den Händen meine Hüften griff, seinerseits zustieß. Nicht vorsichtig, sondern fest, fast brutal. Unwillkürlich beugte ich mich weiter vor, sodass meine Brüste das Laken streiften, genoss jeden seine Stöße, hörte ihn keuchen, musste selbst stöhnen, rammte mich ihm entgegen. Er fasste meine Hüften fester, beugte sich über mich. Sein Glied schien noch größer zu werden. Mit einem Stöhnen entlud er sich und auch ich explodierte.

Später lag ich entspannt in seinem Arm und

spürte unsere Herzen, wie sie langsam wieder ruhiger schlugen. In meinem Körper hatte sich eine angenehme Wärme breitgemacht. Gleichzeitig war ich ein wenig wehmütig, denn ich würde ja gleich zurück nach Deutschland fliegen.

Als ob er meine Gedanken gespürt hätte hob er mein Gesicht an, gab mir einen sanften Kuss. „Dass ist nicht das Ende, Bella. Wir haben uns doch gerade erst gefunden und jetzt lasse ich dich nicht mehr gehen. Ich werde so schnell es geht zu dir kommen."

Ich lächelte. „Ja, bitte, ich freu mich darauf."

Nach einem letzten Kuss erhob er sich. „Jetzt muss ich dich allein lassen. Ich fahre schnell in mein Büro und wechsle die Kleidung. Ich kann dich schlecht so zum Flieger bringen."

„Och, wenn du gar nichts trägst, siehst du verdammt attraktiv aus, das würde mir schon gefallen", schmunzelte ich.

Er griff nach mir und versetzte mir einen spielerischen Schlag auf den Po. „Sei lieber nicht so frech, Cara. Das könnte Folgen haben."

Luca ließ es sich nicht nehmen uns zum Flughafen zu bringen, was mir giftige Blicke von seiner persönlichen Assistentin einbrachte, die ohne Voranmeldung erschienen war. Doch das konnte mich nicht stören. Ich befand mich in Hochstimmung. Plötzlich konnte ich überhaupt nicht mehr verstehen, warum ich ihn die ganze Zeit über so übelst behandelt hatte.

Marcus schien schon wieder irritiert zu sein, er musterte mich verstohlen. „Es scheint Ihnen heute besser zu gehen", stellte er fest. „Die Erkältung ist wohl über Nacht abgeklungen."

Ich strahlte ihn an. „Das glaube ich auch. Heute Morgen geht es mir richtig gut."

Luca fing meinen Blick auf. „Erstaunlich, was eine ruhige Nacht so alles ausmacht", sagte er sehr zufrieden grinsend.

Paola schaute säuerlich von einem zum anderen. „Es ist zwar noch etwas früh, aber ich glaube Sie gehen jetzt besser durch die Sicherheitskontrolle. Man kann nie wissen, wie lange das dauert", wandte sie sich an Marcus.

„Weißt du was, du solltest wirklich schon mal ins Büro fahren, Paola. Mir ist gerade eingefallen, dass wir in einer Stunde einen wichtigen Termin haben. Du meine Güte, das hast du auch vergessen nicht wahr. Du kannst mich wunderbar vertreten, während ich unsere Gäste verabschiede." Luca schob die sichtlich verblüffte Paola in Richtung des Ausgangs. „Aber ...", stammelte sie.

Luca lächelte sie betont harmlos an. „Ich kann verstehen, dass es dir peinlich ist, dass du den Termin vergessen hast. Du solltest dich jetzt besser beeilen. Übrigens müssen wir uns nachher noch unterhalten." Das klang gar nicht mehr harmlos, eher wie eine Drohung. Paola wandte sich schleunigst dem Ausgang zu.

Marcus schaute mit offenem Mund von einem zum anderen. „Ich glaube ich habe etwas verpasst. Egal, ich will das gar nicht wissen. Jedenfalls gehe ich jetzt durch die Sicherheitskontrolle. Wir sehen uns dann spätestens im Flieger, Anne."

Bevor ich etwas erwidern konnte verabschiedete er sich hastig von Luca und trabte in Richtung Sicherheitskontrolle davon.

Luca grinste. „Geht doch. Jetzt haben wir noch etwas Zeit für uns. Ach, Bella, am Liebsten würde ich dich sofort hier bei mir behalten. Aber ich weiß, dass du dich nicht darauf einlassen würdest." Er nahm mich in den Arm. „Muss ich dich wirklich gehen lassen?"

Ich schmiegte mich an ihn. „Das wirst du müssen. Aber wir sehen uns bestimmt ganz bald wieder, oder?"

Und wenn ich nur ein kleines, nettes Abenteuer für ihn war? Plötzlich war ich unsicher. Meine Hochstimmung verflüchtigte

sich. Er schien meinen Stimmungsum-
schwung zu spüren, denn er küsste mich
zärtlich. „Ich werde so bald ich kann zu dir
kommen. Vielleicht schon in der nächsten
Woche, falls dir das passt."

„Wann immer du möchtest", seine Unsicherheit baute mich wieder auf. Ich traute
mich ihm die Frage zustellen, die mich
schon die ganze Zeit beschäftigte.

„Du, sag mal", begann ich zögernd.

„Ja?" Luca versuchte mich zu küssen, aber
ich wich ihm aus.

„Also, was ich dich die ganze Zeit schon fragen wollte...", ich holte tief Luft. „Sagmal,
habenwirdenn damals, also alswiruns-
dasersteMalgetroffenhaben ..."

„Stopp", Luca hielt mir seine Hand vor den
Mund. „Langsam, ich bin ein Mann, ich kann
nicht wie ein Maschinengewehr reden und
auch nicht so schnell verstehen."

Ich seufzte. „Das dachte ich mir fast. Also,
als wir, als du mit bei mir warst, haben wir
da tatsächlich Sex gehabt???"

Lucas Gesicht verzog sich zu einem Lächeln,
zu einem Ganzgesichtslächeln.

„Das ist eine längere Geschichte. Ich glaub
so viel Zeit haben wir jetzt nicht. Aber ich
verspreche dir, dass ich dir die ganze Story
erzähle, wenn wir uns wiedersehen. Übrigens: ich glaube du bist gerade ausgerufen

worden. Wenn du dich jetzt nicht beeilst, dann wirst du den Flieger verpassen. Ich hätte nichts dagegen."

Zum Glück saß Marcus auf den Rückflug nicht neben mir, sodass mir fragende Blicke oder, noch schlimmer, gezielte Fragen erspart blieben.

Sobald das Flugzeug abgehoben hatte schlief ich ein und wachte erst kurz vor der Landung wieder auf.

9

„Na, wie war's? Erzähl schon." Jenny stand mit verschränkten Armen an meinen Schreibtisch gelehnt da. Sie schien vor Neugierde zu platzen und musterte mich kritisch. "Irgendwie siehst du verändert aus, entspannter als sonst. Ich wette du hast mit Gerard geschlafen. Dieses Mal erinnerst du dich daran, was." Sie grinste. „Und ich wette er ist göttlich im Bett."

Ich schüttelte den Kopf. „Erstens geht dich das gar nichts an. Zweitens war das ein rein geschäftliches Treffen und drittens erzähle ich dir nichts darüber, weil ich viertens erst einmal mit mir selbst klarkommen muss."

„Von wegen rein geschäftlich! Ich wusste es, du hast mit ihm geschlafen", stellte Jenny unbarmherzig fest. „Und es hat dich umgehauen. Er ist schon ein klasse Typ. Schade, ich hätte ihn auch mal gerne vernascht."

Ich unterbrach sie. „Jetzt hör mal auf damit. Was ist mit deinem Zahnarzt. Triffst du dich noch mit ihm?"

„Geh mir bloß los mit dem. Ich habe ihn dabei erwischt, wie er beim Sex in meinen Mund gestarrt hat. Ich wette er hat beim Küssen meine Zähne mit seiner Zunge nach Löchern abgetastet. Überhaupt war er doch nicht so gut, wie ich zuerst dachte. Aber ich bin mit jemand anderem zusammen. Das ist ein netter Typ und superheiß noch dazu."

„Tatsächlich? Kenne ich ihn?", fragte ich und versuchte ein Kichern zu unterdrücken, denn ich hatte das Bild Zahnarzt, Jenny und Zahnkontrolle per Zunge vor meinem inneren Auge.

Jenny zögerte. „Ja – ha, du kennst ihn", sagte sie ungewohnt zurückhaltend.

Das Klingeln meines Telefons ließ sie verstummen. Während ich den Hörer abnahm, wandte sie sich der Tür zu. „Ich geh dann mal lieber."

„Ciao Bella, geht es dir gut?"

Diese Stimme ließ mein Herz höher schlagen. „Jedenfalls bin ich gestern gut zu Hause angekommen", lächelte ich in den Hörer. „Irgendwie bin ich den restlichen Tag ziemlich durcheinander gewesen. Abends habe ich dann gar nicht einschlafen können. Aus lauter Verzweiflung habe ich sogar meinen alten Teddy aus der Mottenkiste genommen und ihn die ganze Nacht im Arm gehalten."

„Tatsächlich? Woran kann das denn nur liegen? Vielleicht hast du in der vorhergehenden Nacht einfach nicht genug Schlaf bekommen und warst tagsüber deshalb so durcheinander. Am Abend hättest du bestimmt jemanden gebraucht, der dich in den Schlaf streichelt. Hinterher. Der Teddy ist eben kein vollwertiger Ersatz."

„Angeber!"

Luca lachte laut auf. „Meinst du? Ich jedenfalls bin seit gestern auch ziemlich neben der Spur. Schuld daran ist eine Frau. Eine ziemlich dickköpfige, aber sehr aufregende Frau. Jetzt frage ich mich ob sie am Sonntag Zeit hat. Man kann ja nie wissen, ob eine so sexy Lady nicht ausgebucht ist."

„Oh, sie hat eine Menge Termine. Moment", demonstrativ raschelte ich mit meinem Terminkalender, während ich den Hörer in die Richtung hielt. „Erstaunlich, sie hat an diesem Wochenende gar nichts vor. Soll ich etwas eintragen?"

Wieder lachte Luca. „Ja, wenn du den Samstagabend und den Sonntag für private Unternehmungen freihalten würdest? Am Montag würde ich dann bei Adler & Söhne gerne noch einige geschäftliche Dinge besprechen. Das geht Face to Face besser als am Telefon. Wo ich sowieso schon einmal da bin."

„Ja gut, dann halten wir das fest", gab ich mich geschäftig und cool, aber in Wirklichkeit schlug mir das Herz bis zum Hals. Ich hatte nicht damit gerechnet, dass wir uns schon so bald wiedersehen würden, dass Luca genauso sehnsüchtig war wie ich. „Ich freue mich", setzte ich nach einigem Zögern hinzu.

„Ich freue mich auch, sehr", seine Stimme klang ganz sanft, was meine Knie weich werden ließ. „Ich melde mich noch einmal und sage dir, wann ich bei dir aufschlage. Ach, Bella, du gehst mir unter die Haut."

Bis zum Samstag waren es noch zwei Tage und ich lief wie ein Zombie herum. Nicht so dreckig, hässlich und fies wie es in diversen Filmen zu sehen ist, sondern so orientierungslos. Ich vergaß ständig was ich eben gerade tun wollte, stand traumverloren am Kopierer und es dauerte unendlich bis ich schnallte, dass das Papier wie üblich nicht eingelegt war.

Ich kaufte sündhaft teure Unterwäsche, ein durchsichtiges schwarzes Negligé, einen Kimono und Champagner. Kurz – ich war völlig durch den Wind.

Nie hatte ich mir träumen lassen, dass ein Mann so etwas bewirken würde. Klar war ich in Tobias auch verliebt gewesen, aber trotzdem war ich immer cool geblieben. So rückhaltlos hatte ich mich ihm gegenüber beim Sex niemals verhalten und so in Rage versetzt hatte er mich nicht einmal, als er mir seine Seitensprünge beichtete.

Seufzend gestand ich mir ein, was ich mir bisher nicht zu denken erlaubt hatte: Ich war in Luca verliebt und zwar ziemlich heftig. Dabei war er eigentlich gar nicht mein Typ. Ich mochte Männer, die nicht so besonders dominant daher kamen, Typen, die durchschaubar waren. Eben Männer wie Tobias. Obwohl, wirklich durchschaut hatte ich ihn ja nicht, sonst hätte ich früher bemerkt, dass er mich gnadenlos betrog.

Am Freitag konnte ich es kaum noch aushalten, war noch kribbeliger als zuvor. Kurz vor Feierabend bekam ich einen Anruf.

Paola war am Telefon. Nach den üblichen Floskeln kam sie zur Sache. „Wie ich erfahren habe, bekommen Sie am Wochenende Besuch. Luca, ich habe seinen Flug selbst gebucht."

„Ähm, ja. Und was haben sie damit zu tun, außer dass sie sich um seinen Flug gekümmert haben?", fragte ich vorsichtig. Gleichzeitig ärgerte ich mich. Wie konnte er nur! War er nicht in der Lage den Flug selbst zu organisieren. Wie indiskret war das denn.

Paola lachte auf, es klang ein kleines bisschen gehässig. „Oh, ich bin halt seine Vertraute. Was meinen Sie, wie viele Flüge ich schon für ihn gebucht habe, wenn er sich wieder einmal in eine hübsche Larve verguckt hatte. Er braucht manchmal die lange Leine. Aber letztendlich kommt er doch immer wieder zurück zu mir." Wieder erklang das Lachen, dieses Mal richtig fies.

Ich atmete ein, merkte jetzt erst, dass ich die Luft angehalten hatte.

„Das ist doch ... Wollen Sie mir jetzt einreden, dass sie mit ihm fest liiert sind, oder was?"

„Nun, wir sind glücklich miteinander. Allerdings führen wir eine offene Beziehung. Jeder tut, wonach ihm der Sinn steht. Wie es scheint, haben Sie Luca ziemlich gut befriedigt. Jetzt will er sich noch einen Nachschlag holen. Aber wissen Sie, meine Liebe, das kann jede Puta, die man an der Straßenecke aufliest und das wird er schon bald merken." Ihre Stimme nahm einen salbungsvollen Ton an. „Eigentlich will ich Sie nur warnen. Sie können gerne Ihren Spaß mit ihm haben, von mir aus. Aber lassen sie ihn nicht zu nah an sich heran. Er wird Sie benutzen und fallen lassen, wenn er genug von Ihnen hat."

Komisch, meine Hand, die den Hörer ans Ohr gepresst hatte war ganz nass und mein Gesicht auch. Erst jetzt merkte ich, dass mir die Tränen die Wangen hinunter liefen. „Lassen Sie mich in Ruhe", würgte ich heraus und beendete das Telefongespräch. Einen Augenblick lang starrte ich den Hörer an, dann warf ich ihn einfach geradeaus gegen die Bürotür.

„Aua!" Jenny stand in der Tür und rieb sich den Kopf. „Bist du jetzt völlig bekloppt geworden? Oder willst du mir damit sagen, dass ich störe?"

Sie schaute mich einen Moment aufmerksam an, dann lief sie um meinen Schreibtisch und nahm mich in den Arm. „Was ist jetzt los? Ist jemand gestorben? Deine Mutter?"

„Luca", schluchzte ich und zog in Ermangelung eines Taschentuchs meine Nase hoch. Jenny reichte mir ein Kleenex. „Ach Herrje, das tut mir aber leid. Hatte er einen Unfall? Kannst du überhaupt darüber reden?"

„Der Scheißkerl ist nicht tot, aber gestorben für mich", schluchzte ich und streckte die Hand nach einem neuen Taschentuch aus.

Jenny schien auf Anhieb zu verstehen. „Der Mistkerl hat dich also gebumst und jetzt hat er Schluss gemacht, richtig? Wie mies ist das denn. Wahrscheinlich hat er es nur darauf abgesehen gehabt. Sei froh, dass du ihn los bist. Stell dir bloß mal vor, du hättest dich richtig in ihn verliebt..."

Sie schaute das Häufchen Elend, das ich im Moment darstellte kritisch an. „Oh, Scheiße, du hast dich richtig in ihn verliebt."

Ich nickt, schüttelte dann aber den Kopf. „Ich hasse ihn! Er ist ein solcher Macho-arsch. Den will ich überhaupt nicht mehr sehen. Seine Assistentin hat mich eben an-gerufen..."

Ich erzählte Jenny alles, von der Nacht mit Luca angefangen bis zu dem Telefonat mit Paola.

Sie hörte mir aufmerksam zu, während sich ihre Miene immer weiter verdüsterte. „Was ist das nur für eine unmögliche Person", rief sie schließlich aus, als ich mit meiner Ge-schichte zu Ende war.

„Sag ich doch, aber sie hat gewusst, was sie sagt. Wenn du die beiden miteinander gesehen hättest! Sie sind miteinander umgegangen, als ob sie sich schon wer weiß wie lange kennen würden, was ja wohl auch der Fall ist. Er hat mich die ganze Zeit verarscht." Wieder rollten mir die Tränen über die Wangen.

Jenny sah mich nachdenklich an. „Vielleicht stimmt das was sie gesagt hat gar nicht. Vielleicht arbeitet sie einfach schon lange für ihn und kennt ihn deshalb richtig gut. Du heulst dir hier die Augen aus, nur weil diese blöde Kuh scharf auf deinen Luca ist und Angst hat, dass du ihn ihr wegschnappst. Du solltest mit ihm darüber reden."

„Er ist nicht mein Luca", schluchzte ich.

„Ist ja gut, dann ist er eben nicht dein Luca. Weißt du was, wir machen jetzt Feierabend. Du kommst mit zu mir. Ich habe einen guten Calvados, davon kriegst du von mir einen zur Beruhigung, aus rein medizinischen Gründen. Wenn du magst, dann reden wir noch mal in aller Ruhe über die ganze Sache."

Energisch griff sich Jenny meine Jacke. „Los, jetzt wird nicht mehr geheult."

Ich schluckte. „Du hast ja Recht, das ist er gar nicht wert."

Später, nach einem doppelten Calvados, der vielleicht hervorragend war, mir aber wie Medizin schmeckte, beruhigte ich mich einigermaßen. Jedenfalls war ich nicht mehr geschockt und traurig, sondern richtig wütend. „Der Typ braucht sich nicht einzubilden, dass ich ihn noch einmal näher als einen Meter an mich ranlasse", pestete ich. „Er und diese blöde Tussie haben sich so was von verdient. Sollen sie doch miteinander glücklich werden."

Jenny versuchte immer noch mich davon zu überzeugen, dass ich mit Luca über Paolas Anruf sprechen sollte. „Wirklich, überleg doch mal. Wenn du ihn so einfach aufgibst, dann hat sie genau erreicht, was sie wollte. Ich hätte nicht gedacht, dass du so ein Schisser bist."

Ich schnaubte vernehmlich durch die Nase. „Pah, von wegen Schisser. Ich werde ihn anrufen und ihm gehörig meine Meinung sagen."

Jenny lächelte milde. „Du sollst vernünftig mit ihm reden, nicht ihn ansicken. Er sollte einfach wissen, was die Assistentin hinter seinem Rücken für Gerüchte verbreitet. Du vergibst dir nichts, wenn du ihm die Chance gibst, alles zu erklären, oder so ..."

Jenny verstummte verblüfft, denn ich hatte mein Handy gezückt und wählte hektisch Lucas Nummer.

„Ciao Bella", meldete er sich. „Es ist schön, dass du anrufst. Ich habe gerade an dich gedacht. Genau genommen denke ich immer an dich."

Wieder schnaubte ich, jetzt in das Telefon. „Ach, tatsächlich? Es ist erstaunlich, dass du dazu noch Zeit hast."

„Hallo, was ist denn jetzt los?", fragte Luca verblüfft. „Hast du schlechte Laune, oder was?"

„Ja, das habe ich allerdings", blaffte ich zurück. „Deine Frau oder Freundin oder was weiß ich hat mich vorhin angerufen. Sie wollte mich, menschenfreundlich wie sie ist, vor dir warnen. Sie meint, dass du öfter mal eine kleine Affäre nebenher hättest und ich mir nichts einbilden solle." An dieser Stelle musste ich erst einmal Luft holen.

„Das kann doch nur Paola gewesen sein?", lachte er. Tatsächlich, er lachte, während ich am Boden zerstört war. „Zugegeben, wir waren kurzzeitig zusammen, aber das ist lange her. Daher kennt sie mich ziemlich gut, aber wohl nicht gut genug. Du glaubst ihr doch wohl nicht! Du solltest sie einfach nicht ernst nehmen. Ich werde mit ihr reden, so geht das nicht weiter."

„Das klang aber bei ihr alles ganz anders. Du hast völlig Recht, so geht das nicht. Ich muss erst einmal über die Situation nachdenken. Deshalb möchte ich dich nicht sehen, weder am Wochenende, noch am Montag und vielleicht überhaupt nicht mehr. Was es geschäftliches zu besprechen gibt, können wir auch per E-Mail klären. Und jetzt kannst du dich von mir aus weiter ausschütten vor Lachen", mit diesen Worten legte ich auf.

Jenny schaute mich aufmerksam an. „Lange hast du ja nicht mit ihm gesprochen."

Mein Handy klingelte. Ich schaltete es aus, ohne nach dem Anrufer zu schauen. „Ich will nicht mehr mit ihm reden, eigentlich will ich gar nicht mehr reden. Danke für deine Fürsorge, Liebes. Aber jetzt gehe ich nach Hause, ich möchte einfach allein sein und meine Wunden lecken. Wenigstens du bist glücklich mit deinem Neuen. Wie hieß er jetzt noch gleich?"

Jenny winkte ab. „Das erzähle ich dir ein anderes Mal."

10

Nachdem ich mein Handy ausgeschaltet hatte, versuchte Luca mich zu Hause über das Festnetz zu erreichen. So zog ich den Telefonstecker, denn noch einmal wollte ich nicht mit ihm reden, jedenfalls nicht privat. Die Situation war auch so schon kompliziert genug, denn ich würde ja geschäftlich auf jeden Fall mit ihm zu tun haben. Vielleicht sollte ich Marcus die Situation erklären und ihn bitten, jemand anderen mit der Kundenbetreuung zu beauftragen? Doch was würde der dazu sagen, dass ich mich mit Luca eingelassen hatte und die Geschäftsbeziehung darunter leiden könnte? Zudem war mir die Situation extrem unangenehm. Ich verwarf den Gedanken.

In dieser Nacht schlief ich so gut wie gar nicht. Immer wieder gingen mir Paolas gehässige Worte durch den Kopf. Sie hatte so selbstverständlich geklungen, so, als wäre sie schon seit Jahren mit Luca zusammen und so hatte es in Mailand ja eigentlich auch ausgesehen. Wahrscheinlich suchte Luca ab und zu wirklich ein billiges Vergnügen, um dann reumütig zu ihr zurückzukehren.

Gegen Morgen schlummerte ich schließlich ein und träumte wirres Zeug: Luca, der mit Paola zusammenstand und mich auslachte, während Marcus lautstark damit drohte mich zu entlassen. Jenny läutete eine große Glocke und bat um Ruhe. Als niemand auf sie hörte, ließ sie die Glocke unentwegt hin und her schwingen, was einen unangenehmen Dauerton hervorrief.

Ich fuhr im Bett auf und rieb mir die Augen, der Klingelton war noch immer da. Sicher war das die verrückte Jenny. Es sah ihr ähnlich mich schon am Morgen aus dem Bett zu klingeln. Na ja, sie meinte es gut und würde sich sowieso nicht abwimmeln lassen. Schlaftrunken tapste ich zur Wohnungstür und betätigte ohne weiter nachzudenken den Öffner. Die Tür ließ ich angelehnt. Dann ging ich in die Küche, um erst einmal einen Kaffee aufzusetzen.

Gedankenverloren zog ich mir das von den Schultern rutschende Shirt zurecht. Ich hatte gestern vor dem Schlafengehen das erste Teil übergezogen, das mir in die Hände gefallen war. Dieses einstmals weiße Trägershirt war gnadenlos zu weit, furchtbar ausgeleiert und ganz grau gewaschen.

Ich erschrak zu Tode, als mich zwei Arme von hinten umfassten. Mit einem Schlag war ich hellwach, fuhr herum, wandte mich aus Lucas Armen und funkelte ihn böse an. „Was willst du?"

Er musterte mich amüsiert. „Du siehst unglaublich sexy aus, wenn du nur dieses ... Dings trägst. Übrigens stehen dir die verwuschelten Haare richtig gut. Du solltest sie immer so frisieren." Unvermittelt wurde er ernst. „Du bist gestern nicht mehr ans Telefon gegangen. Deshalb habe ich mich in den ersten Flieger gesetzt, um mit dir zu reden. Vielleicht ist das ganz gut so. Ich muss dir einiges erklären und das geht nicht gut am Telefon."

„Ich glaube nicht, dass wir etwas zu bereden haben, alles ist ja gesagt." Ich verschränkte die Arme vor der Brust.

„Nichts ist gesagt worden und ich glaube du reimst dir einiges zusammen, das gar nicht so ist. Bitte lass mich erklären."

Er schaute mich bittend an und steckte die Hand nach mir aus, was mich zu einer heftigen Ausweichbewegung veranlasste. Das Shirt rutschte mir wieder von den Schultern. Hastig wollte ich es hochziehen, was gründlich misslang. Ich verhedderte mich und das verflixte Teil fiel zu Boden.

„Oh nein, das darf doch nicht wahr sein!" Ich stand völlig verdattert da und wusste nicht, ob ich das Shirt aufheben oder lieber ins Schlafzimmer flüchten sollte.

‚Beides ist irgendwie lächerlich', fuhr es mir durch den Kopf und ich entschloss mich zu einem würdigen Abgang.

Ich maß Luca mit einem überheblich - kühlen und verachtungsvollen Blick, drehte mich auf dem nicht vorhanden Absatz meiner Pantherpuschen um und schritt auf die Küchentür zu. Dann wollte ich schleunigst im Schlafzimmer verschwinden um mich anzuziehen. Am Besten würde ich einen dicken Rollkragenpullover und eine sehr große und sehr weite Jogginghose anziehen und natürlich bequeme Unterwäsche in extra large.

So war der Plan, doch Luca machte mir einen Strich durch die Rechnung. Ich hatte gerade mal zwei Schritte in Richtung Tür getan, da umfingen mich seine Arme. Ehe ich mich versah, hatte er mich hochgehoben und trug mich, trotz meines lautstarken und handgreiflichen Protestes, durch den Korridor ins Schlafzimmer. Hier warf er mich kurzerhand auf das Bett. Mit Genugtuung nahm ich einen langen Kratzer auf seiner Wange wahr.

„Du kleines Biest!"

Er fuhr sich vorsichtig mit der Hand darüber und verzog das Gesicht, dann zog er sich die Lederjacke und das T-Shirt aus, während er mich nicht aus den Augen ließ. Ich beobachtete ihn fasziniert, während er die Knöpfe seiner Jeans einen nach dem anderen öffnete. Plötzlich fühlte ich mich sehr nackt und sehr schutzlos, doch das war kein unangenehmes Gefühl, in Gegenteil erregte es mich, so vor ihm auf dem Bett zu liegen, während er sich langsam, fast provozierend auszog.

Schließlich stand er unbekleidet vor mir.

„Jetzt werde ich dich einfach nehmen", flüsterte er heiser.

Ich fühlte, wie mich eine heiße Welle der Erregung überrollte. Feuchte machte sich zwischen meinen Schenkel breit. Er nahm seine Hoden in die Hand, fuhr dann mit dem Daumen über seinen Schaft.

„Dreh dich um, los mach schon", sagte er leise und gefährlich sanft.

Ich folgte seinen Anweisungen wie in Trance, spürte, wie er sich hinter mich kniete. Eine Hand umfasste meine Brust, begann sie zu kneten, spielte mit der Brustwarze, die sich sofort aufrichtete.

Ich schloss die Augen, konnte ein Stöhnen nicht unterdrücken. Mein Atem beschleunigte sich, während er jetzt mit beiden Händen meine Brüste streichelte, die Nippel zwischen seinen Fingern zwirbelte.

Ich spürte seinen rauen Atem in meinem Nacken, seine Erregung hart und fordernd an meinen Po. Er nahm seine Hände von meinen Brüsten, umfasste meine Hüften, drückte meinen Oberkörper noch weiter vor. Ich keuchte auf, als ich seine Spitze an meiner Spalte spürte. Langsam glitt er in mich, zog sich wieder weit zurück, um hart in mich zu stoßen. Ich biss mir auf die Lippen, unterdrückte einen Schrei der Lust, drängte mich an ihn.

Er verharrte kurz, nahm dann seinen Rhythmus auf. Immer wieder zog er sich fast ganz aus mir zurück, um dann wieder hart in mich zu stoßen. Immer schneller pumpte er, umklammerte mit einer Hand meine Hüfte, während die andere in mein Haar griff, meinen Kopf zurückzog.

„Gefällt dir das?", knurrte er heiser.

„Ja, bitte hör nicht auf", stöhnte ich.

Seine Stöße wurden immer fordernder, härter. Rücksichtslos stieß er in mich. Heiße Wellen durchfluteten mich, während sich mein Körper aufbäumte. Er verharrte kurz und während mein Höhepunkt mich erschauern ließ, stieß er immer wieder mit aller Kraft in mich. Dann spürte ich, wie auch er Erlösung fand.

Ich ließ mich aufs Bett gleiten und für einen Moment blieb er einfach auf meinem Rücken liegen, stütze sich nur leicht mit den Armen ab.

„Bella, du machst mich verrückt", hauchte er in mein Ohr, als er wieder zu Atem gekommen war. „So geht das nicht weiter."

Ich drehte mich langsam um. „Darüber reden wir, glaube ich, nachher."

Wir hatten uns ausgiebig geliebt. Jetzt saßen wir in der Küche bei einem verspäteten Frühstück. Luca schaute mich über seinen Kaffeetassenrand prüfend an. „Ich denke wir müssen jetzt ernsthaft miteinander reden", er zögerte.

„Ja, das müssen wir", nahm ich den Ball auf. „Wie hättest du an meiner Stelle reagiert?" Ich erzählte Luca detailliert von dem Telefongespräch mit Paola.

Er hörte mir aufmerksam zu, nippte an seinem Kaffee und schüttelte anschließend den Kopf.

„So ist es ganz und gar nicht. Paola und ich waren vor längerer Zeit zusammen. Wir waren noch sehr jung, unsere Eltern haben das forciert. Sie hätten es gern gesehen, dass aus uns ein Paar geworden wäre. Aber es hat nicht gepasst zwischen uns. Wir haben uns im Guten getrennt. Jedenfalls habe ich das bis heute gedacht", wieder nippte er nachdenklich an seinem Kaffee. „Paola scheint das anders zu sehen. Ich werde das mit ihr klären, sobald ich wieder in Mailand bin."

Er nahm meine Hand und schaute mir fest in die Augen. „Du musst mir glauben, Bella. Ich habe in meinem Leben schon viel Mist gebaut, aber dieses Mal, mit dir, ist es mir sehr, sehr ernst. Ich habe dich zum ersten Mal gesehen und gedacht: diese Frau musst du unbedingt kennen lernen. Dann hast du zu viel getrunken und ich habe dich nach

Hause gebracht. Ich habe dich schon damals so sehr gewollt."

Er schwieg einen Augenblick, lächelte mich dann verschmitzt an. Ich konnte gar nicht anders, als ihm durch die wirren Haare fahren.

„Und dann hast du mit mir geschlafen, obwohl ich ziemlich betrunken war?", fragte ich zaghaft.

Sein Lächeln vertiefte sich, ließ zwei Grübchen erkennen. „Du kannst dich wirklich nicht mehr erinnern, nicht wahr", stellte er fest.

„Ehrlich gesagt nein."

„Nun, wir haben uns geküsst, dann habe ich dich gestreichelt und geküsst, so ziemlich überall. Ich glaube das hat dir gefallen, denn du hast dich ausgezogen, nur für mich. Jedenfalls hast du das gesagt. Das war sehr erregend", an dieser Stelle machte Luca eine Kunstpause, schüttete sich eine Tasse Kaffee ein, bestrich ein weiteres Brötchen mit Butter.

„Und dann", drängte ich.

Er biss herzhaft in sein Brötchen, kaute genüsslich. „Nun, dann bist du in meinen Arm gekommen und ich habe dich wieder gestreichelt und geküsst, so wie du mich auch", wieder zögerte er.

„Verflixt, mach es doch nicht so spannend! Haben wir ... oder nicht?"

Er lächelte mich lieb an. „Ach Bella, ich hätte dich an diesem Abend gern geliebt, aber dir ist im entscheidenden Moment schlecht geworden. So habe ich dich auf die Toilette begleitet und dir die Haare aus dem Gesicht gehalten, während du dich übergeben hast. Anschließend habe ich dich ins Bett gebracht und bis zum Morgen einfach im Arm gehalten. Dann bin ich lieber gegangen, denn ich wusste ja nicht, ob es dir Recht ist, wenn du neben mir aufwachst. Ich wollte dich anrufen, sobald du wieder einen klaren Kopf hattest. Deine Telefonnummer hatte ich noch an dem Abend in meinem Handy gespeichert. Ich konnte nicht ahnen, dass du dich an gar nichts mehr erinnerst und noch weniger war mir klar, dass ich dich bei der Firma Adler & Söhne treffen würde. Ich habe dann versucht mit dir zu reden, aber du hast mir keine Chance gelassen."

Ich hatte ihm atemlos zugehört. Jetzt stand ich auf, lief um den kleinen Küchentisch und setzte mich auf seinen Schoß.

„Ich glaube wir hätten schon längst darüber reden sollen. Nein, ich hätte dir einfach zuhören sollen", murmelte ich an seinem Mund.

„Das hast du ja jetzt getan", antwortete er. Dann redeten wir für eine lange Zeit nicht mehr, jedenfalls nicht vernünftig.

11

„So geht das nicht. Wir können nicht die ganze Zeit im Bett liegen bleiben. Übrigens habe ich einen Bärenhunger."
Ich nickte zu dieser Feststellung. „Ich auch. Essen gehen wäre schön, aber dazu müssen wir uns anziehen."
„Wir könnten uns auch Essen kommen lassen. Vielleicht Pizza. Falls wir beschäftigt sind, hängen wir einfach einen kleinen Beutel mit Geld an den Türknauf. Ach ja, und einen Zettel an die Tür, dass der Bote die Pizza einfach auf der Fußmatte abstellen soll, weil wir uns gerade wie verrückt lieben und keine Zeit haben an die Tür zu kommen."
Luca grinste mich an. Wenn er so entspannt guckte, dann sah er besonders attraktiv aus. Ich setzte mich auf seinen Schoß und gab ihm einen Kuss, konnte einfach die Hände nicht von ihm lassen.

„Du hast ja Recht", stellte ich fest. „So geht das nicht weiter. Wenn wir uns wirklich etwas zu Essen bestellen, dann kommen wir sowieso nicht dazu, weil wir uns immerzu befummeln müssen. Und nachher brichst du mir noch vor Entkräftung zusammen. Ich werde mich jetzt anhübschen und dann gehen wir etwas essen."

„Dann mal los, Cara. Aber erst ...", Luca legte die Arme um mich und küsste mich ausgiebig.

Im Restaurant angekommen langte er über den Tisch und nahm meine Hände in die seinen. „Ich denke ich sollte meine Pläne ändern und schon am Sonntagabend zurückfliegen. Montag Morgen werde ich ein Gespräch mit Paola führen und ihr nahelegen, sich einen anderen Job zu suchen. So wie sie sich verhalten hat, kann und will ich sie nicht weiter als meine Assistentin beschäftigen. Sicherlich wird es nicht einfach sein sie kurzfristig los zu werden, aber ich denke schon, dass das eine lösbare Aufgabe ist."

Ich versuchte Luca zu unterbrechen, doch er ließ mich nicht zu Wort kommen.

„Das habe ich schon länger in Erwägung gezogen, es jedoch immer vor mir her geschoben. Paola hat sich seit einiger Zeit entschieden zu viel herausgenommen und sich, fast könnte ich sagen, geschäftsschädigend verhalten. Du brauchst also kein schlechtes Gewissen haben, ihr Verhalten dir gegenüber ist nur der Funken, der das Pulverfass endgültig hochgehen lässt." Ein Grinsen huschte über sein Gesicht. „Und es wird eine ziemliche Explosion geben, das kannst du mir glauben."

„Aber was ist mit dem Termin, den du am Montag in unserer Firma hast?", fragte ich vorsichtig.

Luca zuckte lässig die Schultern. „Der lässt sich verschieben. Eigentlich geht es, wie du ja weißt, nur noch um ein paar Formalitäten. Ich wollte dich einfach sehen, deshalb habe ich auf einem persönlichen Treffen bestanden. Nun haben wir uns noch viel persönlicher getroffen, wenn ich das mal so ausdrücken darf." Er führte meine Hand an die Lippen, hauchte einen Kuss darauf. „Es ist wunderschön mit dir, Bella und du bist wunderschön. Das ist dir gar nicht bewusst, nicht wahr."

Der Ober brachte das Essen, was mich davon abhielt zu antworten. Was hätte ich auch sagen sollen? Dass ich mich gar nicht besonders attraktiv fand? Dass ich in Lucas Nähe ein wenig unsicher war und eigentlich nicht verstand, wieso dieser tolle Mann so hartnäckig geblieben war, obwohl ich ihn so oft abgewiesen hatte? Ich schüttelte den Kopf, verbot mir jeden Gedanken dieser Art. Heute wollte ich einfach in Lucas Gesellschaft glücklich sein und jede Minute genießen.

Er schaute mich prüfend an. „Ist alles in Ordnung? Ich werde versuchen zum nächsten Wochenende wieder zu dir zu kommen. Dann können wir auch den Termin bei Adler und Söhne wahrnehmen." Er zögerte. „Oder ist dir das nicht Recht? Hast du schon etwas Anderes vor?", das sagte er schüchtern, was mich lächeln ließ.

„Selbst wenn ich etwas vorhätte, so würde ich es verschieben. Ich würde mich sehr freuen, dich am nächsten Wochenende wiederzusehen."

Er erwiderte mein Lächeln. „Das freut mich sehr." Bildete ich es mir nur ein oder klang er erleichtert? „Was meinst du? Sollten wir nach dem Essen noch ausgehen?"

„Warum nicht. Wie wäre es mit der Bar, in der wir uns kennengelernt haben?"

„Perfekt, dann kann ich einmal schauen, wie es dort wirklich aussieht. Damals habe ich das gar nicht so richtig wahrgenommen, weil ich nur Augen für dich hatte."

Ich zwinkerte Luca zu. „Ja, klar. Zumal du meine Freundin Jenny zuerst heftigst angeflirtet hast."

In der Bar angekommen trafen wir tatsächlich auf Jenny. Sie hing am Arm eines Mannes, der mir undeutlich bekannt vorkam. Da die beiden mit dem Rücken zur Eingangstür standen, konnte ich zunächst nicht ausmachen, um wen es sich handelte.

Luca legte den Arm um meine Taille. „Hey, ist das dort vorne nicht deine Freundin? Wir sollten ihr wenigstens einen guten Abend wünschen. Oder ich flirte sie noch einmal an."

Ich schlug ihm spielerisch auf die Hand, die an meiner Taille heraufgewandert war und sich unauffällig in Richtung Busen tastete. „Untersteh dich! Übrigens scheint sie schon versorgt zu sein ... Ich glaube es nicht, Tobias."

Jennys Begleiter hatte sich halb umgedreht. Er flüsterte ihr etwas ins Ohr, was sie albern kichern ließ. Ich nahm Lucas Hand. „Wir sollten unbedingt einen guten Abend wünschen. Kommst du?"

Mit ein paar Schritten war ich bei dem Pärchen und tippte Jenny auf die Schulter. „Hallo, das ist ja eine Überraschung."

Die Angesprochene drehte sich zu uns um, schaute von einem zum anderen und lief rot an. „Oh, Hallo. Das ist es wirklich."

Mein Ex machte einen Schritt von Jenny weg, sodass die beiden sich nicht mehr berührten. „Hallo Anne", stotterte er und an Luca gewandt: „Hi, auch mal wieder hier."

Jenny zog die Augenbrauen hoch. „Eben, auch mal wieder im Lande? Ihr scheint ja ein Herz und eine Seele zu sein."

„Ihr aber auch, jedenfalls bis gerade", fuhr ich ihr über den Mund.

Luca legte mir die Hand wieder um die Taille. „Dann haben wir ja alle vier das was wir möchten. Kein Grund zur Aufregung also."

„Ich bin nicht aufgeregt, sondern verwundert", wandte ich mich ihm zu. Dann kam mir eine Idee. „Sag mal Jenny, ist Tobias der neue Freund von dem du mir die ganze Zeit erzählen willst?"

Meine Freundin nickte. „Ja, musst du nicht auch mal zur Toilette?"

Ich hängte mich bei ihr ein. „Das ist eine gute Idee. Wir sind gleich wieder da", rief ich über die Schulter zurück und hörte Luca amüsiert: „Weiber", murmeln.

„Ehe du etwas sagst, lass es mich erklären. Tobias und ich sind ja an dem denkwürdigen Abend, an dem du Luca kennengelernt hast zusammen gegangen. Na ja und Tobias hat sich angeboten mich nach Hause zu bringen. Was soll ich sagen, er war so witzig und nett und auch ein kleines Bisschen niedergeschlagen. Da habe ich ihn noch für einen Kaffee mit zu mir genommen, eigentlich nur, weil er mir leidtat. Wir haben dann einen Cognac zum Kaffee genommen und noch einen. Dabei habe ich festgestellt, dass er eigentlich gar nicht so unübel ist. Klar, er hat sich dir gegenüber mies verhalten, aber das hat er sehr bedauert." Sie zögerte einen Augenblick. „Jetzt guck nicht so. Du willst ihn doch nicht und hast dich scheinbar mit dem tollen Luca zusammengerauft."

„Ja, das habe ich", gab ich zu. „Und er ist ganz anders als ich dachte. Diese schreckliche Paola hat nur Blödsinn erzählt."

Jenny strahlte mich an. „Siehst du, das habe ich dir doch gleich gesagt. Du kannst nicht immer vor allem weglaufen, sondern musst dich den Problemen stellen. Es freut mich wirklich für dich. So wie du strahlst ist das wohl Liebe."

„Ja, dass glaube ich fast auch, aber erst muss ich ihn noch besser kennenlernen", lächelt ich. „Jedenfalls genieße ich das Zusammensein mit ihm. Er kann sehr charmant sein und überhaupt ..."

„Du brauchst nicht rot zu werden", kicherte Jenny. „Und bevor du fragst, genau so geht es mir mit Tobias. Vielleicht ist er ja nicht der Mann fürs Leben, aber es ist einfach schön mit ihm. Ich genieße es. Ich wollte dir das schon lange sagen, um eine Situation wie eben zu vermeiden, aber irgendwie bin ich nicht dazu gekommen. Übrigens, ich habe ihm nichts über dich und Luca erzählt. Außer, dass ihr schon seit einiger Zeit zusammen und total glücklich miteinander seid."

Ich nickte. „Die Sache mit Tobias ist Schnee von gestern. Wenn du glücklich mit ihm bist – meinen Segen hast du. Sei einfach vorsichtig und schau ihm auf die Finger. Aber jetzt sollten wir wieder zu den Männern gehen, ehe sie sich duellieren."

Zu unserer Überraschung standen Luca und Tobias Seite an Seite an Tresen und unterhielten sich angelegentlich. Sie hatten tatsächlich ein gemeinsames Thema gefunden, denn beide waren passionierte Biker. Wir gesellten uns zu ihnen und es wurde ein rundum gelungener Abend.

Plötzlich interessierte es mich gar nicht, ob meine Freundin und Tobias zusammen waren. Ich war einfach glücklich mit meinem Luca, der mich immer wieder in den Arm nahm und mir einen flüchtigen Kuss gab. Für mich war er der tollste Mann überhaupt. Wir trennten uns in der festen Absicht, den Abend irgendwann zu wiederholen.

Doch zunächst flog Luca am Sonntagabend tatsächlich zurück nach Mailand. Wir verabschiedeten uns in meiner Wohnung.

„Bitte versteh mich. Der Abschied von dir fällt mir schon schwer genug, Bella", stellte er fest. „Deshalb möchte ich lieber allein zum Flughafen fahren. Abgesehen davon, dass ich meinen Leihwagen sowieso dort abgeben muss. Du müsstest also allein hinfahren oder zurück den Zug nehmen." Er nahm mich fest in die Arme. „Ich ruf dich sofort an, wenn ich gelandet bin. Und ich verspreche dir ganz fest, dass ich spätestens am Freitag Abend wieder bei dir bin."

Ich schmiegte mich an ihn und schluckte an meinen Tränen. „Das wäre schön. Du wirst mir ganz schrecklich fehlen, glaube ich."

„Das hoffe ich doch stark", Luca legte einen Finger unter mein Kinn, hob es an und schaute mir fest in die Augen. „Du wirst mir auch fehlen, aber das weiß ich ganz genau. Jetzt, wo ich dich grade gefunden habe ist es verdammt schwer wegzufahren." Er küsste mich ausgiebig und schwindelig machend. Dann ließ er mich abrupt los. „Ich muss jetzt los. Bis Freitag, Cara."

Langsam schloss ich die Tür hinter ihm. Ich war traurig und niedergeschlagen, weil ich ihn jetzt eine ganze Woche nicht sehen würde. Gleichzeitig fühlte ich mich eigenartig froh und glücklich, denn es würde alles gut werden zwischen uns. Und zum ersten Mal seit wir uns kennengelernt hatten gestand ich mir ehrlich ein, dass ich mich in Luca diSgarbi verliebt hatte und mit ihm zusammen bleiben wollte.

Luca rief mich gleich nach der Landung in Mailand an. Er meldete sich später noch einmal, um mir eine gute Nacht zu wünschen, sodass ich mit seiner Stimme im Ohr einschlief.

Auch am Montag bekam ich einen Anruf von ihm. Er teilte mir mit, dass er tatsächlich ein klärendes Gespräch mit Paola geführt hatte. Man hatte sich im gegenseitigen Einverständnis getrennt.

„Sie war erstaunlich vernünftig, Bella, und hat eingesehen, dass wir unter diesen Umständen nicht mehr miteinander arbeiten können", er zögerte einen Moment. „Den Ausschlag hat wohl die großzügige Abfindung gegeben, den ich ihr angeboten habe, wenn sie ab sofort freigestellt wird. Ich bin froh sie los zu sein und die Firma wird es verkraften", fügte er mit einem Seufzer hinzu. „Jedenfalls freue ich mich auf dich. Allerdings muss ich morgen erst einmal nach Dubai. Das könnte ein lukratives Geschäft ergeben. Freitagvormittag fliege ich dann zurück und am späten Abend bin ich bei dir. Dann haben wir das ganze Wochenende für uns. Am Montag klären wir das Geschäftliche bei Adler & Söhnen. Ja, und dann schauen wir einmal, wie es weiter geht."

„Wie meinst du das?", fragte ich hellhörig geworden.

„Nun, ich möchte dich so oft wie möglich sehen. Schließlich müssen wir uns richtig kennenlernen. Am Liebsten würde ich jede Minute bei dir sein."

Ich lächelte in den Hörer. „Das sehe ich ähnlich, aber wir sollten es langsam angehen lassen und uns wirklich erst einmal richtig kennenlernen. Dann entscheiden wir, wie es weitergeht. Lass uns den Moment einfach genießen."

„Das ist ein verlockender Gedanke. Ich möchte noch viele tausend Momente mit dir genießen, Bella. Du weißt gar nicht, wie viel du mir bedeutest."

Eigentlich wollte ich ihm sagen, dass es mir ganz genauso ging. Dass er mir schrecklich fehlte. Sein Duft hing noch immer in meiner Bettwäsche, die Sehnsucht war unerträglich. Ich brachte ich es nicht fertig, das Bett neu zu beziehen. Aber etwas hielt mich davon ab, ihm das alles zu gestehen.

‚Später', dachte ich. ‚Wenn er hier ist werde ich ihm sagen, dass ich ihn liebe.'

„Du bedeutest mir auch ziemlich viel", nuschelte ich stattdessen, was Luca zum Lachen brachte.

„Warte bis ich wieder bei dir bin, dann werde ich dich in Grund und Boden lieben. Anschließend wirst du mir nur zu gerne beteuern, dass du unsterblich in mich verliebt bist", drohte er scherzhaft.

„Pah, Mister Perfect", schnaubte ich. „Dann musst du dich aber sehr, sehr anstrengen."

„Das werde ich, Bella. Das werde ich", war die selbstbewusste Antwort.

12

Freitagnachmittag machte ich schon früh Feierabend. Ich hatte beschlossen zu kochen, denn Luca würde erst spät bei mir ankommen und sicher keine Lust haben noch Essen zu gehen. Auch wollte ich mich mit einem ausgiebigen Bad verwöhnen und mich für ihn besonders hübsch machen. Das rote Kleid mit dem spektakulären Ausschnittes hing bereit.

Luca hatte mir vor dem Abflug eine SMS geschickt.

„Ich freue mich so sehr auf dich, bis gleich", schrieb er. Dann kam ein Nachsatz, der mich unheimlich glücklich machte: „Ich liebe dich, Bella."

Ich zögerte. Sollte ich ihm antworten, dass es mir ganz genauso ging? Letztendlich tat ich das nicht, denn wir würden uns ja am Abend sehen und dann würde ich in seine Augen schauen und ihm sagen, dass ich ihn liebte.

Ich war gerade dabei meine Einkäufe auszupacken, als mein Handy klingelte. Jenny klang aufgeregt.

Zuerst verstand ich sie nicht. Es kam mir vor als würde sie wirres Zeug stammeln. „Stopp, was ist los", fuhr ich sie an. „Hast du mit Tobias Schluss oder was? Das tut mir ja wirklich leid, aber im Moment..."

„Mach den Fernseher an", sagte Jenny mit eindringlicher Stimme. „Und sag mir, dass dein Luca nicht in diesem Flugzeug saß."

Wie in Trance schaltete ich das Gerät an. Eine Sondersendung lief. Anscheinend ging es um einen Flugzeugabsturz, überall waren Trümmer zu sehen. Die Bilder verschwammen vor meinen Augen.

‚Und ich habe ihm nicht gesagt, dass ich ihn liebe',
das war das letzte, was ich dachte, bevor alles um mich herum dunkel wurde.

Neue Presse – die Zeitung für Deutschland.

Newsticker
Keine Überlebenden des Fluges EK 3841.
Wie soeben gemeldet, sind beim Absturz eins Airbus A380 der Emirates Airline von Dubai nach Mailand alle 297 Passagiere ums Leben gekommen. Aus nicht bekannten Gründen hat der Airbus kurz nach dem Start Feuer gefangen und ist abgestürzt. Weitere Informationen folgen.

Weitere Bücher:

Alizé Siffleur
Dark Soul

Katja hatte gedacht ihre beste Freundin Steffi gut zu kennen. Sie staunt nicht schlecht, als die ihr anvertraut, dass sie in einem BDSM Forum einen Mann kennengelernt hat, in den sie sich verliebt hat.

An Steffis Geburtstag lernt Katja Wotan kennen und kann ihn vom ersten Augenblick an nicht ausstehen.

Ganz anders geht es ihr mit Alex, einem Bekannten von Wotan. Dieser Mann fasziniert sie auf eine Weise, wie sie es noch nie erlebt hat. Gleichzeitig verunsichert er sie.

Bald macht er ihr ein unmoralisches Angebot: Sie soll sich ihm bedingungslos unterwerfen. Katja lässt sich schließlich darauf ein und entdeckt eine Welt unglaublicher Lust.

Doch dann erklärt ihr Wotan, dass Alex sie bald an ihn weiterreichen wird.

Dark Soul, ein Roman voller prickelnder Erotik.

Alizé Siffleur
Saturday Night Fever
erotische Kurzgeschichten

Saturday Night Fever, das sind erotische
Kurzgeschichten, sinnlich und provokant, aber
auch romantisch und humorvoll.
Alizé Siffleur schreibt über Frauen, die sich
nehmen was sie wollen. Sich aber auch einfach
nehmen lassen wollen.

Saturday Night Fever, die perfekte Lektüre für
sinnliche Stunden.

Alizé Siffleur und Allan P.
Zeig mir Deine Lust

Lustvoll und erotisch. Alizés und Allans Gedichte drehen sich unverkrampft und freizügig
um nicht alltägliche Phantasien, um die Freude
daran, sich sexuell zu nehmen, was man möchte.
Eine Lektüre, über die ungehemmte Lust.

Alizé Siffleur und Alan P.
Wenn ich an Dich denke

Gedichte von, um, über Liebe und andere
Bagatellen.

Alizé Siffleur
Saturday Night Fever
Erotische Kurzgeschichten

Appetizer oder Dessert?

„Hallo, mein Herz. Ich rufe an, weil ich mich vergewissern möchte, ob du heute Abend pünktlich bist.“
„Ja, natürlich. Wieso fragst du?“
„Oh, ich möchte etwas Besonderes für uns kochen. Lass dich überraschen. Das Dessert wird dir besonders gut gefallen.“
„Ja dann werde ich sehr pünktlich sein, Chérie. Ich freue mich auf dich und natürlich auf das besondere Dessert. Ich werde es genießen.“

***

Verlockende Düfte erfüllen die Luft, verheißen kulinarische Verführungen.
Der Tisch für unser Tete-à-Tete ist gedeckt. Der Champagner liegt auf Eis. Ein Blick auf die Uhr sagt mir, dass er gleich hier sein muss, also zünde ich die Kerzen an. Ihr goldenes Licht verzaubert den Raum, lässt ihn funkeln.

Ohne dass ich es bemerkt habe, ist er einge-
troffen, steht lächelnd in der Tür.

„Es gefällt mir, was ich sehe", murmelt er
und es ist offensichtlich, dass er nicht nur
den gedeckten Tisch meint.

„Ich habe dich gar nicht kommen hören",
lächle ich zurück. „Möchtest du einen Aperi-
tif?"

Er lacht, kommt langsam auf mich zu.

„Oh ja, das ist eine gute Idee."

Er streicht mir zart über den Rücken, bis
hinunter zum Po. Dann wandern seine Finger unter den Saum meines Rockes. Er küsst
meine Lippen, lässt mich wissen, worauf er
jetzt Hunger hat. Dann öffnet er meine Bluse, registriert erfreut, dass ich nichts darunter trage.

Sein Mund wandert, zieht eine heiße Spur
meinen Hals hinab, verweilt auf meiner
Brust. Er leckt an meinen Knospen, umrun-
det sie mit der Zunge, bis ich vor Wonne
stöhne und mich noch weiter an ihn presse.
Seine Finger auf meinen Schenkeln entde-
cken den feuchten Mittelpunkt meiner Lust.

Er hebt mich auf die Tischkante, öffnet sein
Hemd, während ich ungeduldig an seiner
Hose zerre.

Endlich kommt er mir groß und hart entgegen. Ich massiere ihn, doch er ist ungedul-

dig, legt mich auf den Tisch, dringt gierig ein, stößt tief in mich.

Ich wölbe ihm mein Becken entgegen, will ihn hart und unnachgiebig spüren, hechele und flehe ihn an. Fast brutal knetet er meine Brüste, reizt die harten Warzen, unerträglich ist die Lust.

Ich höre ihn stöhnen, fühle sein Beben. Oder bin ich es, die zittert, bebt, seinen Namen stöhnt? Unerträglichkeit lässt mich schreien, bis ich explodiere.

Er liegt halb auf mir, ich fühle warme, wohlige Feuchte zwischen den Beinen. Gemeinsam kommen wir zu Atem.

Schließlich stützt er sich auf die Hände, schaut mir zärtlich in die Augen, lächelt befriedigt.

„Das war der Appetizer, jetzt essen wir, nicht wahr!"

Ich muss lachen. „Das war so aber nicht geplant. Eigentlich war ich das Dessert. Ich glaube jetzt möchte ich erst einen Schluck Champagner."